燃え立つ剣

孤高の剣聖 林崎重信 2

牧 秀彦

時代小説
二見時代小説文庫

燃え立つ剣——孤高の剣聖 林崎重信2

目次

序章　伊勢路にて

峠の中腹から見上げた空は青かった。

「いい心持ちですね、先生」

汗にまみれた額を拳《こぶし》でぬぐい、新之助《しんのすけ》は目を細める。

足拵《あしごしら》えは草鞋履《わらじば》き。替えの一足を抜かりなく、右腰にぶら下げている。

がっちりした長身にまとっていたのは、流行《はや》りの茶色に染めた小袖《こそで》と野袴《のばかま》。道中着を兼ねた胴服《どうぶく》は脱いで左の肩に掛け、後ろ腰に巻いているのは身の周りの品を収めた武者修行袋。ずしりと重たげな大小の刀を帯びていた。

早いもので、元亀《げんき》四年（一五七三）の七月も半ばを過ぎた。

残暑の厳しい最中でも、鬱蒼《うっそう》とした木立を吹き抜ける風は涼しい。

師匠を先導しながら峠道を登りきった新之助は、小休止をしてホッと一息。

「あー、ほんとに晴れ晴れしますよ……」

心地よさげに背中を反《そ》らせ、木漏《こも》れ日の下で微笑《ほほえ》む顔が清々《すがすが》しい。

巽《たつみ》新之助は当年二十一歳。身の丈が六尺（約一八〇センチ）に近い、精悍な若者であった。

左腰に帯びた黒鞘《くろさや》の刀も、体格に見合って豪壮そのもの。二尺一寸（約六三センチ）と刃長《はちょう》こそ短いが、重ねが厚いのは鞘の上からでも察しが付く。肥後《ひご》の同田貫《どうたぬき》一門が鍛えた、無骨《ぶこつ》ながら際立った切れ味を誇る剛剣だ。

柄巻《つかまき》を見れば、手慣らした一振りと分かる。

鍔《つば》に近いところの菱巻《ひしまき》が親指の形に凹《へこ》んでいるのも、日頃から手の内を正しくして打ち振るうことを心がけ、雑には扱っていない証《あか》しである。

何事も、敬愛する師匠の教えがあればこそ。

新之助は左様に心がけ、気遣いを常々忘れぬ若者だった。

「おや、せせらぎが聞こえますね。先生、ひとっ走り汲《く》んで参りましょうか？」

「気持ちだけで十分だ。先はまだ長い故、無駄に体を使うには及ばぬぞ」

傍らで青空を見上げたまま、静かに答えた師匠は小柄。

五尺（約一五〇センチ）ばかりの、並より身の丈の低い人物だった。

年は三十を越えたばかりといったところ。

小柄な上に細身でありながら、帯びた一振りは並外れて長い。

刃長は優に三尺（約九〇センチ）を超えていた。

抜き打ちがしやすい打刀《うちがたな》拵えとはいえ、どこまで半身《はんみ》になって鞘を引き絞れば刀身を露《あら》わにできるのか、見当もつかない長さであった。

大太刀の鍔に左手を添えると、師匠はおもむろに歩き出した。

「先生、もう行かれるんですか？」

「先は長いと申したであろう。今度は私が先達《せんだつ》になる故、付いて参れ」

背中越しに告げる口調は、相も変わらず落ち着いたもの。一回り年下の新之助の後に続いて峠越えをしたばかりというのに、息ひとつ乱していなかった。

修行の深さは、歩く姿からも見て取れる。

峠道を登り行く後ろ姿は、背筋がきれいに伸びていた。

体の軸を崩さずに歩みを進め、大髻《おおたぶさ》に結《ゆ》った頭が揺らぐこともない。むやみに体高を上下させることをせず、臍下《せいか》の丹田《たんでん》にのみ、自然に力を込めていた。

「待ってくださいよ、先生、林崎《はやしざき》先生！」

新之助は慌てて後を追った。

先を行く師匠の歩みは速い。

懸命になって追いかけるうちに、峠の頂《いただき》が見えてきた。

と、新之助の大きな瞳が見開かれる。

峠の上に立っていたのは、三人の武者。

姿を現すのを見越しての待ち伏せだった。

「うぬっ、林崎甚助重信《じんすけしげのぶ》だな！」

「この先は生かして通さぬぞ‼」

鋭く告げる武者たちは木瓜《もっこう》の紋入りの、揃いの具足《ぐそく》を着けている。

兜《かぶと》こそ見当たらないが鋼の額当をきっちり巻いた上に籠手《こて》と佩楯《はいだて》、斬り合いで狙われがちな脇の下を守る脇引《わきびき》まで装着して、防御を固めていた。

人気《ひとけ》のない峠道で出くわしがちな山賊の類《たぐい》ではなさそうだが、取られた態度は剣呑《けんのん》そのもの。手に手に刀を抜き連ね、一人は鑓《やり》まで構えている。

「何だお前ら、ふざけやがって」

新之助はすかさず鯉口《こいぐち》を切り、同田貫を抜き放つ。

斬りかからんとした刹那《せつな》、目の前にずいと大太刀の柄《つか》が突き出された。

「介者《かいしゃ》を素肌で正面切って制するは至難の業《わざ》ぞ。おぬしにはまだ無理だ」

「せ、先生」

「で、ですが」

「下がっておれ」

有無を言わせず、代わりに前へ進み出る。

「おぬしたち、織田弾正忠《おだだんじょうのじょう》が手の者か」

誰何《すいか》する口調は落ち着いていた。

「その五瓜《ごか》は織田瓜《うり》紋……死人に口無しと侮《あなど》りて、隠さず参ったのならば生憎《あいにく》だったな。御家が大事であれば、仕損じた折のことも念頭に置くべきぞ」

「やかましい、四の五の申さず往生《おうじょう》せいっ」

武者の一人が怒声を上げる。

眉ひとつ動かすことなく、師匠は続けて問うた。

「指図をしたのは弾正忠の次男坊か？　分不相応にも伊勢国司《いせのこくし》の御家中を牛耳《ぎゅうじ》らんとする馬鹿息子め、少しは懲《こ》りたと思うておったが……拙者の一命を狙うたは、不智《ふち》斎殿《さいどの》の招きを受けたと知ってのことか」

「問答無用！」

「トアーッ‼」

三人の武者は一斉に突撃した。

無言で先陣を切ったのは鑓使い。

合戦向けのものより短めだが、攻めることが可能な間合いは広い。たとえ新之助が勇を奮《ふる》っていても、ひと突きで仕留められていただろう。

「先生……」

新之助が固唾《かたず》を飲んで見守る中、師匠は機敏に動いた。

長い柄《つか》をサッと右肩の上方へ、同時に鞘を下に引く。

瞬く間に、三尺余りの長大な刀身が露わになった。

次の瞬間、ドッと鑓穂が地べたに転がり落ちる。勢いの乗った抜き打ちで、けら首を断たれたのだ。

残った柄を振り回そうとしたところで、もう遅い。

「ぐわっ」

足払いを食らった鑓使いが、峠道を転がり落ちていく。身を守るために着けていた具足の重さが仇《あだ》になったのだ。

「うぬっ」

「お、おのれ」

残る二人が、たちまち浮き足立った。

丹田から気が抜けてしまえば、刀も満足に振るえまい。

「新之助、殺すでないぞ」

「はいっ」

頷きざまに新之助は飛び出していく。

同田貫が唸りを上げた。

「おらっ」

敵の刀を打ち砕きざま、新之助は回し蹴りを叩き込む。

刃を防ぐ脇引も、重い衝撃には耐えきれない。

悶絶して倒れた時には、残る一人も崩れ落ちていた。

「峰打ちで済ませなすったんですか、先生」

新之助はどことなく不満な様子。

言いつけ通りにしながらも、納得がいかぬらしかった。

「尾張《おわり》生まれの俺が言うのも何ですけど、こいつらは伊勢国を好き勝手にしようって企んでやがる弾正忠の手先なんですよ？　ぶった斬って手土産《てみやげ》代わりに髷《まげ》でもお届けしたら、不智斎様も喜びなさるでしょうに」

「それは北畠《きたばたけ》の臣《しん》が為すことだ。我らはいずれの家中にも関わりなき身。降りかかる火の粉を払うだけでよい」

「お言葉ですけど、弾正忠は出羽《でわ》でもあんなことを……」

「努《つと》めて命は奪わぬと申したであろう。もとより罪を背負う身なれど、無益な殺生を避けるが兵法修行の心得ぞ」

告げる口調は、あくまで穏やか。

それでいて、漂わせる気迫は凄まじい。

失神させた相手から視線を離すことなく、鯉口に手を掛ける。

「す、すみません」

首をすくめた新之助が見守る中、大太刀は鞘の内に納まった。

その刃長、実に三尺二寸三分《ぶ》（約九六・九センチ）。

これほど長い刀身を急所へ打ち込む寸前に反転させ、軽く当てただけで斬られたと思い込ませて失神を誘うなど、生半可《なまはんか》な修行で成し得ることではない。

だが、この男にはそれができる。

林崎甚助重信、三十二歳。
後《のち》の世において居合道《いあいどう》の祖として崇《あが》められる剣聖の、未だ若き日の姿であった。

第一章　兵法者《ひょうほうしゃ》

一

元亀四年の日《ひ》の本《もと》は、戦国乱世の真っ只中。

東北から九州に至るまでの各地で幾多の大名が覇権を争う中、最も意気盛んだったのは尾張の織田信長《のぶなが》。その勢いはとどまるところを知らず、この七月には長らく対立していた足利義昭《あしかがよしあき》が挙兵したのを遠慮なしに打ち破り、征夷大将軍《せいいたいしょうぐん》の威光など屁《へ》とも思っていないことを天下に示した。

次に倒さねばならぬ相手は、朝倉義景《あさくらよしかげ》と浅井長政《あざいながまさ》。

去る年に織田勢の不意を突き、信長に煮え湯を飲ませた面々だ。

義昭が落ち延びるのを許した信長も、この二人の命は奪わずにいられない。妹の市《いち》を娶り、義理の弟となって久しい長政のことも勘弁してやるつもりはなかった。

一方で、信長は伊勢国を完全に征服する機が訪れるのを待ち望んでいた。

伊勢長島一帯を支配する北畠《きたばたけ》氏は、国司から戦国大名となった誇り高い一族。織田勢の侵攻を阻みきれず和睦に応じ、国内に兵を駐留させることまで認めているものの、水面下では頑強に抵抗を続けていた。

信長は婿養子として送り込んだ次男の茶筅丸《ちゃせんまる》に北畠の家督を継がせ、内部から突き崩させようと目論《もくろ》んだが、一向に埒《らち》が明かない。名を具豊《ともとよ》と改めて敵の懐深くに入り込みはしたものの、茶筅丸は何年経ってもお飾りの当主にすぎず、隠居した後も家中に睨みを利《き》かせる北畠具教《とものり》に手を焼くばかり。

林崎重信が郷里の出羽《でわ》で信長のある陰謀を未然に防ぎ、一番弟子の巽新之助と共に伊勢の地を訪れたのは、そんな最中のことであった。


「時が経つのは早いもんですねぇ、先生……」

「左様。おぬしと出会うてから一年になるか」

「あの頃は向こう見ずだったもんで、いろいろお恥ずかしいもんをお見せしちまって申し訳ありません」

「何も恥じることはない。未熟なのは、私も同じぞ」

気負うことなく告げながら、重信は手枕をして横になる。

一夜の宿を求めたのは山中の小屋。近くの村人たちが濁酒《どぶろく》を仕込むのに用いる場所らしく、大きな瓶《かめ》が幾つも置かれていた。

「これ、盗み飲みは相ならぬぞ」

「いいじゃありませんか先生、ちょいと味見をするだけですって」

「盗人を弟子にした覚えはない。ひとしずくでも口にいたさば破門ぞ」

「分かりましたよ、もう寝ます」

じろりと睨まれ、新之助はあきらめた様子で横になる。

今宵は道中の備えに買い求めておいた粟餅《あわもち》を焼き、湧き水を竹筒で沸かして飲んだのみ。酒が欲しくなるのも無理はあるまいが、浅ましい真似はさせたくない。

程なく、新之助は寝息を立て始めた。

元気一杯なようでいて、疲れが溜まっていたのだろう。

狸寝入りではないのを確かめ、重信も目を閉じる。

静寂の中、遠吠えが微かに聞こえた。

(山犬か……この手の小屋に忍び込み、子を産むこともあると母上が言うておられたな……）

眠りながらも意識を保っている。昨日今日で身に付いた習慣ではなかった。

重信は闇討ちされた父の仇を討ち果たす願いを母から託され、少年の頃から一途《いちず》に腕を磨き続けてきた身。初めて人を斬ったのは、二十歳の時のことだった。

どのみち戦国乱世に生まれたからには殺生を避けられず、父の浅野数馬《あさのかずま》が不慮の死を遂げなかったとしても、男子ならば命のやり取りをせざるを得なかっただろう。

主持《しゅも》ちの武士も流浪の兵法者も、気の休まることがないのは同じ。

何と生きにくい世の中なのか。

（まこと乱世は憂きものぞ……）

胸の内でつぶやきつつ、重信は視線を上げる。

明かり取りの窓から射し込む、月の光は淡かった。

横になった姿勢は変わることなく、左腕を上にしたままだった。

鞘に収めた刀は、いきなり利き手で持っても使えない。まずは左手に取って鯉口を切らなくては、抜き打つこともできないからだ。

ましで三尺余りの大太刀では、抜くのが遅れることは命取り。その代わり意のままに抜き差しができれば、並より小柄な体格を補って余りある力となり得る。

故に重信は抜刀の術を学んで、自在とすることを目指したのだ。

苦労が報われて仇討ちを果たしたものの、一人息子を修行に専念させるため無理を重ねた母の菅野《すがの》は重い病の床《とこ》に就いてしまい、懸命な看病も甲斐無く他界。天涯孤独《てんがいこどく》の身となった重信は浅野の姓を捨て去り、長剣抜刀に開眼すべく参籠《さんろう》した郷里の社《やしろ》の名前を冠して、林崎甚助重信と名乗ったのである。

しかし、人は宿命からは逃れがたい。

母の墓参をするために戻った郷里でも避けられぬ戦いを繰り広げたものだが、決着が付いた以上、二度と帰るつもりはなかった。

今は故郷を想うよりも、目前に控える勝負が大事だった。

重信は兵法者として、果たさなくてはならない約定《やくじょう》を交わした身。

重信は一年前、この伊勢の地で二人の強豪と相まみえた。

宮本無二斎《みやもとむにさい》と佐々木小次郎《ささきこじろう》。

いずれ劣らぬ老若の強者は、重信との再戦を望んでいる。

激闘を経て交誼《こうぎ》を結んだ者たちとの約束を、今さら違《たが》えるわけにはいくまい。

故に遠路を厭《いと》うことなく、東北から足を運んできたのだ。

重信を招いた不智斎こと北畠具教は、老いても変わらず豪胆な男。

国司として代々受け継いできた伊勢を狙われ、自身の命まで標的にされていながら動じることなく、日々鍛錬《たんれん》に励んでいるという。

剣豪大名の呼び名に恥じぬ豪傑は一年ぶりに御前試合を催すため、近隣の諸国から兵法者を集める一方、出羽に旅立った重信の許《もと》にまで文を寄越した。

無二斎と小次郎を相手取り、どのように戦い抜くのか見届けたい。

自らも兵法修行に取り組む身として、募る興味を抑えきれずにいるのだろう。

もとよりその気だった重信に否やはない。

東北からの長旅を経て船に乗り換え、伊勢の港と繋がる初瀬《はっせ》街道を踏破して、山道に入って早くも一昼夜。最後の峠を越えれば多芸御所《たげごしょ》——待ち望んでいた戦いの場が用意された、具教の隠居所は目の前だ。

いつの間にか山犬の遠吠えは止《や》んでいた。

怪しい者が忍び寄る気配も感じられない。

(明日は着到《ちゃくとう》して早々に試合《しあ》うことになるやも知れぬ。邪魔者が居らぬうちに、少しでも長う眠《なご》っておかねば……な)

気を研ぎ澄ませていると、嗅覚も冴えるものである。

仕込んだ瓶から漂ってくる、濁酒の匂いが心地いい。

この香りを堪能すれば、少しは晩酌をした気分になれるのではないか。

思うところは新之助も同じであるらしい。

鼻をひくつかせる様に微笑みながら、重信は目を閉じる。

心地よく眠りに落ちながら思い出していたのは命懸けながらも懐かしい、一年前の数々の出来事だった。

二

平安の昔、西行《さいぎょう》法師は詠《えい》じた。

鈴鹿山《すずかやま》　浮世《うきよ》をよそに振りすてて
　いかになり行く我身なるらん

古伝に曰《いわ》く「世を遁《のが》れて伊勢《いせ》の方へまかりけるに、鈴鹿山にて」とある。

仕事を辞《や》め、妻子と別れ、すべてを棄《す》てては来たものの、当ての無い放浪の始まりに不安を覚えずにはいられない。安定した暮らしと縁を切ったひとりの男が、本音を偽ることなく詠《よ》み上げた一首といえよう。

俗世と縁を切るのは、決して楽な話ではない。

それでも、人には、旅立たずにいられない時がある。

限られた一生をどのように費やすか。計るものさしは、それぞれに違う。

放浪者を、笑うなかれ。

彼らは自堕落な暮らしを求めて旅という、無頼《ぶらい》の人生を送るのでは無い、生涯を費やしても悔いの残らぬ、一生を通じて切磋琢磨《せっさたくま》してでも実現させずにいられない、大いなる目的を見出した者たちなのである。

戦国の世に兵法者と称した武者修行者たちもまた、偉大なる求道の徒だった。

一振りの剣と鍛えた技を頼りに、世を渡る兵法者。

その生涯は日々是《これ》修行の旅路であった。

三

元亀三年（一五七二）六月も末のこと。

陽は中天《ちゅうてん》に差しかかっていた。これから鈴鹿峠を越えるとなれば、悠長に構えている暇は無い。麓《ふもと》までわずか三里（約一二キロ）とはいえ、険しい山道では歩くのに要する時も長い。

伊勢参りが盛んになった昨今、東海道からこの峠を越えて伊勢入りする者は年々増えている。しかし今は山道も静まり返り、他の旅人はいなかった。炎昼《えんちゅう》を避けるのは旅の基本である。よほどの急ぎ旅でもない限り、昼日中から出歩かぬのが楽をする心得というものだった。

だが、その武士は違った。

昼なお暗い山道を往《ゆ》く武士の見た目はまだ若い。

といっても三十は越えている。出世の早い者であれば、一家を成していてもおかしくない齢だったが、供らしい者の姿は全く見当たらない。ひとり旅なのである。

身なりもつましいものだった。

筒袖《つつそで》に仕立てた小袖と道中着。着物と同じ墨染《すみぞめ》の野袴《のばかま》を穿《は》き、足拵《ごしら》えは藁《わら》に保護材のぼろ布をまぜて編んだ草鞋《わらじ》と脛巾《はばき》。どれも見た目より実用性に重きを置いて選んだ品々だった。

ふと、武士は梅雨晴の青空を振り仰いだ。網代笠《あじろがさ》の下から、角張った顔が覗いていた。

日に焼けた顔に古武士然《こぶしぜん》とした雰囲気を漂わせている。眉間《みけん》が鋭く、えらが張っていて一見すると近寄りがたい印象を与えられるが、黒目がちの丸っこい瞳は人なつっこい。路傍で無心に遊ぶ童子《どうじ》を思わせる、邪気の無い目だった。

その武士は異形《いぎょう》の刀を差していた。

鹿革で菱形に巻かれた柄《つか》も、鍛鉄製の角鍔《かくつば》も、耐久性の高い黒漆《くろうるし》を塗った鞘《さや》も、拵《こしら》えそのものは別段珍しいものではなかったが、柄と刀身が余りに長大だった。細く引き締まった左腰に帯びた鞘の長さから察するに、三尺《じゃく》（約九〇センチ）を超えている。南北朝の争乱もたけなわの頃の合戦場において、猛《たけ》き徒歩《かち》武者たちが振るった野太刀を彷彿《ほうふつ》させる威容《いよう》であった。

男の背丈はそれほど高くない。五尺《しゃく》（約一五〇センチ）どまりにもかかわらず、長柄《ながつか》を含めれば、己の体軀《たいく》に匹敵する長さの大太刀を差料《さしりょう》としているのである。並の体力であれば、一日とて保《も》つまい。

かなりの健脚と思《おぼ》しき武士も、さすがに少々疲れていた。鈴鹿峠には途中で休息をする施設が何も置かれていない。茶店も旅籠《はたご》も無い以上、片陰《かたかげ》を探して休息すべきだったが、武士は一向に歩みを止めようとしなかった。

鼻筋をとめどなく伝って落ちる大粒の汗を、武士は指を伸ばして弾き飛ばす。節くれ立った、頑丈そうな指である。

送り梅雨でも来てくれれば、この日盛《ひざかり》の暑さも少しはやわらぐのだろうが――。

ふと、武士は歩みを止めた。

見れば、街道脇に噴井《ふけい》が有る。井水《いみず》増す光景に喉を鳴らした武士は釣瓶《つるべ》を下ろし、並々と水を汲んだ。

二口目を啜《すす》ろうとした武士の耳に、かすかなうめき声が聞こえた。

冷たい井戸水を嚥下《えんか》しながら、武士はつぶやく。

「死んだな」

耳にしたのは断末魔《だんまつま》の声だった。

草むらの一角が朱《あけ》に染まっている。

血だまりの中に倒れていたのは、二十歳を少し出たばかりの侍である。実直そうな顔に恐怖の色が張り付いていた。

近くに黒鹿毛《くろかげ》の馬が横倒しになっている。馬上の若侍ともども、真っ向から一太刀を浴びたに違いない。一人と一騎、当然ながら流した血の量も多い。まして若者は血が走りやすい。

辺り一面に漂う血臭を嗅ぎ付けたのか、早くも蝿《はえ》が集まっていた。

群がる蝿を払いながら、武士は二体の仏に歩み寄る。

野袴の裾が濡れるのも構わずしゃがみ込み、斬り口を検《あらた》める。ひと抱えほどもある馬の頸《くび》が、ほとんど両断されていた。

「野太刀《のだち》流か」

一言つぶやいた次の瞬間、武士は地を蹴った。

血を吸った草に足を取られることなく、高々と宙に舞う。足の裏の前半分に力を込めて踵《かかと》を浮かせた摺《す》り足でいたからこそ、可能な業《わざ》だった。

跳び退《すさ》った刹那《せつな》、武士が立っていた地面を石が刺し貫いた。当たったのではない。刃《やいば》のごとく、突き刺さったのだ。

「何者か」

三間《げん》（約五・四メートル）ほど離れた場所に降り立ち、武士は問う。動作こそ敏《びん》捷《しょう》な肉食獣を彷彿《ほうふつ》させるものだったが、その声は何事も無かったかの如く柔らかい。

「聞きたいのは、こっちのほうじゃい」

現れたのは猟師のような身なりの大男。優に六尺（約一八〇センチ）を越える巨体は、全身が逞《たくま》しく盛り上がった筋肉に包まれている。五尺どまりの武士と並べば、大人と子供ぐらいの体格差があるだろう。

「ぬしが殺《や》ったんかい⁉」

不審の色をありありと浮かべながら、詰め寄った大男は声高《こわだか》に問う。

「腰のもんを見せてみい」

大男の無礼な物言いに動じることなく、武士は大太刀の鯉口《こいぐち》を切り、鞘を払った。

剣尖《けんせん》を空に向け、右手一本で構えて見せる。

「これでいいか」

やはり長い一振りだった。

その刀身、三尺二寸《すん》三分《ぶ》（約九六・九センチ）。

小柄な武士が高々と掲げた刀身には刃こぼれひとつ無く、血の曇りらしいものも見当たらなかった。

生き胴を刀で斬れば、刀の両面には血脂がまとわりつく。人間の胴より太い馬の頚を両断したとなれば尚のことだ。懐紙《かいし》や布でぬぐっただけで曇りを消し去ることなど、できるものではない。子どもにも分かる道理だった。

「……………」

抜き身をかざしたまま、武士は大男の目をじっと見つめる。

無言の威圧感に、大男は一歩下がった。

浅黒い顔は脂汗にまみれ、その視線は我知らず、大太刀に吸い寄せられていた。

昼下がりの陽光を受け、長い刀身がきらめく。武士の瞳と同じ、澄んだ輝きだった。

「この三年、人の命を奪った覚えは無い」

一言だけ告げ、武士は背を向けた。同時に刀身も鞘に納まる。一瞬の手馴れた動きだった。

黙って見送りながら、大男は革衣《かわごろも》の懐中《かいちゅう》に手を伸ばす。

分厚い掌《てのひら》に握ったのは、卵大の石。

大男はつぶてを構えはしたが、投げられなかった。

武士の後ろ姿には、寸分の隙も無い。膝《ひざ》に余裕を持たせた姿勢で、左右の手を上腰《うわごし》近くに引き寄せている。いつでも跳躍できるし、必要とあれば即座に抜刀《ばっとう》することもできるだろう。つぶてを投げつけてもやすやすと避けられ、反撃の一刀を見舞われるのは目に見えていた。

「ちっ……」

舌打ちをして、大男は血まみれの地面に唾を吐く。

と、その表情が一変した。

「は……林崎甚助重信！」

大男は慌てて駆け出したが、武士はとうに姿を消した後。

山道にはふたつの骸《むくろ》と、その死臭に集まってきた一群《ひとむら》の蠅しかいない。追い払う者はいなくなり、ここぞとばかりに物言わぬ侍と馬にたかっている。

大男の目が、喝《かつ》と見開かれた。

「おのれ!!」

怒号もろとも、ふとい腕を一閃《いっせん》させる。

つぶては蠅の大群を蹴散らすと、勢い余って傍らの樹の枝にめり込んだ。

ぶち折られた大枝が、青葉を付けたままで落ちてくる。

気の毒なのは、あおりを食った蠅たちだ。

大男が肩を怒らせながら去った後、山道には羽を吹き飛ばされた、おびただしい蠅の圧死体が散らばっていた。

四

伊勢国には、天然の良港が多い。とりわけ白子《しろこ》は伊勢随一の港町として、古来より栄えてきた土地だった。

通りの脇に軒を連ねる板葺屋根の平家《ひらや》は、水夫《かこ》や旅人を相手にする種々雑多な店である。衣服、薬、武具に食糧、さらには酒と、一通りの物は手に入る。賑やかなこと、この上ない。

そして裏路地に一歩足を踏み入れれば、春をひさぐ辻君《つじぎみ》の小屋が並んでいた。夕暮れ刻《どき》の街角にしゃがんで遊客を引く立君《たちぎみ》がきれいどころばかりなのに比べると、美醜とりまぜた辻君たちだが、長旅に疲れた男どもにとっては欠かせない、束の間の癒《い》やしの相手でもあった。

港町に滞在している限り、食と色事には事欠かない。むろん、持ち合わせの金子《きんす》さえ潤沢《じゅんたく》であればの話である。

大太刀を腰にして通りを歩く武士の路銀《ろぎん》は、さほど豊かではなかった。

職を辞し、旅に出てから半年。野宿続きで傷んだ着衣のままではこれから訪ねる先に失礼と思い、伊勢入りする前に新調したのが仇《あだ》になっていた。

懐中の財布を何となく触ってみる。くたくたで、頼りないことこの上ない。武士の腹具合と同じだった。

そんな武士の背に、黄色い声が飛んでくる。昼遊びの客をくわえこもうと表の通りまで呼び込みに出てきた辻君たちだ。

「お武家さま、ちょいとちょいと」

「寄ってくださいましな」

陽光の下で顔見せするだけあって、いずれも抜けるように肌が白い。胸乳《むなぢ》と腰の張りも見事なものだった。

が、呼び込む女の容色が美しいほど、待っている床《とこ》の相手は化け物じみた厚化粧というのが相場である。よほどの田舎者でなければ承知のことだ。

武士は素知らぬ顔で通り過ぎた。

色欲に惑わされることはなくても、そこは生身の体である。

港町に遊女屋が多いのは、いつの世も変わらない。そして、遊女屋の近くに美味《うま》い食い物屋が集まっているのも、常のことだ。

路上に迫り出した揚縁《あげえん》で、採れたての新鮮なはまぐりを焼いている店がある。干物やかまぼこを並べている店もあった。店内で酒肴《しゅこう》を出す居酒屋では、捌《さば》いたばかりの魚を料理している最中らしい。油じみた出格子《でごうし》の向こうから漂い出る煙が、否応なしに食欲をそそる。

武士の鼻孔《びこう》が、ひくひく動く。

春先から梅雨明けまでの三月《みつき》近く、野に起き伏しの日々を送ってきたが、こうして巷《ちまた》を歩けば自ずと腹は減り、まともな食事を摂りたくなる。しばらく口にしていない酒の味も恋しい。

　武者修行は生身の人間として当然の欲望を克服し、厳しく己を律する日々に耐えてこそ継続し得る。少なくとも、十年前の武士にはそれができた。

（たかだか三年、主家を持っただけと申すに……）

　今更ながら、克己心《こっき》の衰えに武士は驚きを禁じ得ない。厳しい山ごもりを以《もっ》てしても洗い落とせぬほど、俗世の垢《あか》は我が五体に層厚く、積もっているようだった。

　技を磨き直す前に、改めて己を見つめることを目的にしなくてはなるまい。

　生涯二度目の武者修行は、早くも半年目に入っていた。


　武士は船乗場の前まで来た。

　折しも干潮時だった。沖に停泊している渡海船《とかいぶね》まで人や荷を運ぶ小渡船《こわたりぶね》が幾艘《そう》も、ひっきりなしに行き来しているのはそのためである。

　旅客相手の軽食売りでもいないかと見回すと、何やら人だかりがしている。

　騒ぐ声に混じって、ずだ袋をはたくような音まで聞こえてきた。

　どうやら、何者かが争っているらしい。

「胴の間《ま》が狭いからぶつかっても仕方ないやて？　もういっぺん、言うてみい」

嵩にかかって鉄拳を振るっていたのは、髭面をした無頼の徒だった。垢じみた小袖の下に、いずれかの家中の御貸具足《おかしぐそく》らしい胴丸《どうまる》を着けている。

家紋を削り落としてあるところから見て、合戦場に駆り出されたまま遁走《とんそう》して野武士になった、食い詰め者の雑兵《ぞうひょう》らしい。肩に使い込んだ手槍を担《かつ》ぎ、左腰には分捕《ぶんど》り品と思《おぼ》しき、豪奢《ごうしゃ》な金装を施《ほどこ》した太刀を佩《は》いている。

「おおっと、逃がさんでえ」

分不相応な太刀を盛んに揺らしながら、三十がらみの野武士は突進した。地べたを這って逃げようとしていた中年の行商人の襟首《えりくび》をつかむと、続けざまに殴りつける。

小渡船に乗ろうとした際の揉め事らしい。行商人は混み合う船に何とか乗り込もうと焦ったのが災いし、質《たち》の良くない輩《やから》にぶつかってしまったのだ。

「た、助けて……」

日焼けした顔を真っ赤に腫《は》らした行商人は、弱々しい声を上げながら周囲に向けて両手を差し出す。しかし、応えてくれる者は誰もいない、
小渡船の艫《とも》では、初老の水夫が苦りきった表情をしている。願わくば、騒ぎの元の

男たちを両方とも放り出し、このまま舟を出してしまいたいのだろう。

下手《へた》に関わって怪我《けが》をするのも気が進まない以上、野武士に気が済むまで殴らせておくより他にあるまい。船を出すには絶好の正南風《まはえ》の中、手持ち無沙汰《ぶさた》に突っ立っているしか無かった。

とんだ苦潮《にがしお》に見舞われながら何も言えない水夫をよそに、野武士は哀れな餌食《えじき》にぺっと唾を吐きかける。

「わしが相手じゃ、助けを求められても困るやろ？　そのぐらい、分かったれや」

理不尽きわまりない言い種《ぐさ》だが、的確な物言いでもあった。

同情半分、好奇心半分で見物している人だかりを掻き分け、武士は進み出た。

見ると野武士の足許に、乾飯《かれいい》が散らばっている。

乾飯とは白米を炊いて水洗いし、粘り気を取り去った上で天日《てんぴ》に干し、乾燥させて作る携帯食だ。水に浸して戻したり、そのまま齧《かじ》ったりして簡便に空腹を満たすことができる上に、値が安い。

前に出た武士は、野次馬の荷揚げ人足の肩を叩いた。

「あの乾飯、誰のものか」

「殴られてる父《と》っつあんの商売物だろ、かわいそうに」

口ぶりと裏腹に、若い人足は騒ぎの成り行きをのんびりと見守っている。いかにも喧嘩《けんか》っ早そうな顔をしていたが、一文にもならないことに首を突っ込むつもりは無いのだろう。

咎《とが》めるでもなく、武士はひとりごちた。

「あれなら、値は安いな」

「え？」

怪訝《けげん》な顔の人足を押し退け、武士はもう一歩、前に出ようとした。

と、その時。

「いいかげんにしろ！」

船着場に到着したばかりの小渡船から飛び降りざまに駆け付けたのは、二十代半ばと思《おぼ》しき若者だった。六尺近い長身に麻地の小袖と野袴をまとい、袴腰には武者修行袋と俗に呼ぶ、日用品の一切をまとめた網代《あじろ》の包みを括りつけている。

典型的な武者修行の装いだが、流行《はや》りの茶に染めた着衣はまだ垢じみていない。まだ旅に出て間も無い様子だった。

野武士は悠然と振り向いた。

「なんや汝《われ》、わしとやろうっちゅうんかい」

「応《おう》！」

勇ましく言い放ち、若者は抜刀した。

多少なりとも武芸の心得はあるらしい。相手がどんな出方をしても応じられる八双《はっそう》の構えを取ったのも理に適《かな》っている。

しかし、剣尖が小刻みに震えていたのを武士は見逃さなかった。

一方の野武士は手槍を面倒くさそうにしごいていた。若い闖入者《ちんにゅうしゃ》を一突きして黙らせ、続けて行商人をいたぶるつもりなのだろう。

「早《は》よ来いや。そのごっつい刀、汝を殺《ばら》して貰《もろ》たるわ」

野武士は手槍を振り上げた。狭い室内でも自在に操れるように柄を短く仕立てた手槍は、投擲《とうてき》武器としても恐るべき威力を発揮する。

「ううっ……」

若者は、思わず一歩後退《あとじさ》る。

怯えた表情を目の隅で確認するや、武士は前に一歩出た。

「なんや、助っ人かい！」

歯を剝《む》いて威嚇《いかく》する無頼の徒には構わず、行商人に歩み寄った。

ぐったりしているのを助け起こし、手短かに告げる。

「これで買えるだけ、乾飯を求めたい」

武士は手のひらを指し示す。永楽銭《えいらくせん》がちょうど十枚載《の》っていた。

「泥が付いた分を、値引いてくれれば良い」

ふざけている様子は無い。ごくごく真面目な態度である。

「お、お志《こころざし》だけ頂戴《ちょうだい》できれば、結構でございます」

武士の真摯《しんし》な問いかけに、行商人は自分が置かれた状況を一瞬忘れて答える。長いこと五体に染み付いた、商売人魂の為せる業だった。

「されば、すべて貰《もろ》うても、構わんな」

「よろしゅうございます」

「かたじけない」

武士はうなずき、小銭を懐《ふところ》にいったん戻す。

「おい、ふざけとんのかい！」

野武士は怒り心頭《しんとう》に発していた。

小さく溜め息をつきながら、武士は向き直った。

黙ったまま、臆《おく》することなく視線を合わせる。

「いい度胸や」

野武士は手槍を放り捨て、左腰の太刀に手をかけた。

「わしも兵法者や。四の五の言わんと、これで来い！」

「よいのか」

ようやく口を開いた武士は、言葉少なに告げた。

「抜いたとなればただでは済まぬ。おぬし、その覚悟はあるのだな」

「面白え。やったるわ」

勢い込んで反《そ》りを返し、太刀を抜き放った。

「いくでえ」

と手に唾して振り上げる。

武士は思わず眉をひそめる。手槍の扱いにこそ習熟しているらしいが、太刀の構えは隙だらけだった。

この男が今まで五体満足で過ごしてこられたのは、ただ生来の体力に恵まれていたからに過ぎないのだろう。

まず、持っている太刀が感心しない。

無頼の徒が儀式用の糸巻太刀を佩《は》くとは、一体どういう料簡《りょうけん》なのか。

かつて室町将軍家以外の者は所持することを禁じられていた、金無垢《きんむく》の刀装で麗々《れいれい》しく飾られた一振りは外見こそ豪壮であるが、刀身は細く華奢《きゃしゃ》に出来ていて、実戦に耐え得るものではなかった。

「怖《お》じ気づいたんかい、汝《われ》」

仁王《におう》立《だ》ちした野武士は大笑しながら、太刀をぶんぶん振り回す。

高貴な太刀に対する敬意など、微塵《みじん》も有りはしないのだ。

人斬りを働くたび、殺した相手の刀を奪う。そして次の仕事で刃こぼれしたらまた新しく分捕った刀と交換する。雑兵くずれの名刀に対する感覚など、所詮《しょせん》はその程度なのだ。この美麗な太刀とて、いずれは捨てられる運命なのである。価値が分からぬ者の手に渡ったのが、不幸と言うしかあるまい。

武士の大太刀も、ただの見かけ倒しと思っているらしかった。

「おい、どちび。汝こそ抜けるものなら抜いてみい」

武士は静かに一歩踏み出す。

そして、左右の手を同時に疾《はし》らせた。

右手は、柄へ。

左手は鍔元《つばもと》へ。

一瞬の動きだった。

その瞬間、野武士はまだ喚き続けていた。

「どないしたんや！　はよ……」

抜かんかい、と威嚇したかったのだろう。

が、その口からほとばしり出たのは獣めいた絶叫だった。

見れば、毛むくじゃらの諸腕が肘《ひじ》から両断されている。太刀の柄を握ったままの状態で、瞬時に斬り飛ばされたのだ。

周囲の野次馬たちは、声も無い。

皆、何が起こったのか理解できずにいるのだ。

この刀法を、居合術《いあいじゅつ》という。通常の剣術が刀を抜き合わせた状態、すなわち立ち合いから始まるのに対して、居合い——刀を鞘に納めたままの状態で相手と向き合い、その攻撃に応じて抜刀。刃を合わせることなく、一刀の下《もと》に倒すのである、
合戦場では槍を打ち折られ、補助武器の刀を抜いて戦う段になった際、いちいち刀を構えている余裕など無い。鞘から抜き放つや否や、敵の甲冑の防御が甘い急所を狙って即座に斬り付ける光景は、白兵戦《はくへいせん》の場においては別段珍しいものではなかった。

しかし、この居合術、まだ流派が確立されるには至っていない。合戦場での実戦の経験を通じて、その有効性に気づいた兵法者たちは、各々が打ち立てた剣術の流派に

同様の技を加えてはいた。にもかかわらず、居合の技法のみを体系化し、流派を興《おこ》そうとする者は、まだ誰もいなかった。

この小柄な武士も、たまたま居合が使えるに過ぎないのか。

しかし単なる余技《よぎ》ならば、かくも鋭い冴えを見せることができるはずはない。居合を本道《ほんどう》と見定めて修行を積み重ねてきた者でなければ、不可能な太刀筋であった。

「医者や……医者……医者ぁ……」

両腕を失い、野武士は弱々しくあえぐばかり。抵抗する術《すべ》はないと分かっていても、大太刀を手にした武士の視線は相手から一瞬たりとも離れずにいた。

鯉口を握ったまま親指と人差し指の腹に刀身をはさみ、右手で納めながら、左手で鞘を引き出していく。こうすれば左手には斬った相手の血が染み付き、洗い流しても感触は残る。真剣を抜いて立ち合い、生き延びた者が必ず味わうことになる、苦い感触であった。

納刀を終えた武士は、茫然としたまま動けずにいる若者に一声かけた。

「刀など、持たぬほうがいい」

肉を断つという、久しぶりに味わった、決して慣れることの無い不快感が言わせた一言だった。

それのみ申し渡すと、武士は腰を抜かしていた行商人を助け起こした、恥じた様子で棒立ちになっている若者のことなど、もはや眼中には無い。

「少なくてすまんが、代金だ」

懐《ふところ》から取り出した銅銭を握らせると、散らばった乾飯を余すことなく拾い集める。後はどこかで茶碗一杯の湯を手に入れてふやかせば待望の飯にありつける。

「腹の虫が泣いておるのでな。御免」

武士が去った後も、一同は呆気《あっけ》にとられたままでいた。顔面を蒼白にして痙攣《けいれん》する野武士のことなど、もはや誰も見ていない。

最初に動き出したのは、助けられた若者だった。熱っぽい視線で、武士の去りゆく姿をしばし見送った後、だっと駆け出す。

このとき、武士の後ろ姿を射るような目で凝視している男がいた。

「奴の抜き打ち、速いな」

つぶやいたのは前髪も涼やかな、美貌の若侍だった、
武士が差していたのと同じ長さの、大太刀を背負っている。

「したが……」

微笑むと同時に、若侍は背中の大太刀を一閃《いっせん》させた。

次の瞬間、激痛にのたうち回っていた野武士の首が宙に舞う。

軽やかに一間（約一・八メートル）ほど跳び退《すさ》り、返り血を避けた若侍は微笑みを絶やすことなくつぶやいた。

「私には、勝てん」

切断された首は一気に船乗場まで飛んだ。勢い余って転がる生首に、野次馬たちは悲鳴を上げながら逃げ惑う。蹴られ、踏まれるうちに、首は海に落ちた。

いずれ魚の餌《えさ》となる。これも功徳《くどく》というものだろう。

そんな生首の末路など気にも止めず、若侍は血を吸わせた大太刀を納刀する。血脂を払い落とした刃の反対側の部分、つまり峰《みね》を左肩口に乗せると同時に大きく上体をひねった。こうすれば、鯉口が左肩から突き出た形に背負った鞘に無理なく納まる。通常の刀よりも一尺（約三〇センチ）長い、深反りの大太刀を使いこなす者ならではの工夫だった。

この男、佐々木小次郎という。

越前国《えちぜんのくに》に伝わる富田《とだ》流剣術宗家《そうけ》の富田五郎左衛門入道勢源《ごろうざえもんにゅうどうせいげん》に師事《しじ》した一番弟子だった。

だった、というのは、今は破門の身だからである。

勢源門下にこの者有り、と知られた強者《つわもの》が何故に破門され、越前国から遠く離れた伊勢の地を徘徊《はいかい》しているのか。

解《げ》せぬ理由を知っているのは、本人だけだった。

「さて、俺も飯にするかな」

血臭の漂う船乗場を後に、小次郎は悠然と歩き出す。

陣羽織《じんばおり》が風に舞う。両の襟には、派手な黄文字の縫い取りがされていた。

『日下無双兵術者《ひのもとむそうひょうじゅつしゃ》　巌流《がんりゅう》佐々木小次郎』と――。

第二章　剣豪大名の館

一

「先生っ!」

追いつくなり、若者は問いかけた。

「あの技は、何ですかっ」

自分を助けてくれた相手を追ってくるのは、別によい。しかし、礼も言わずに技名《わざな》を尋ねるとは無礼に過ぎる。それでも若者は問わずにいられなかった。

「お教えください、先生!!」

長大な大太刀を瞬時に鞘走らせる速さが神速ならば、抜刀すると同時に放つ、刃筋の通った斬撃も正確無比。これほどの抜刀の冴えを目の当《ま》たりにして、使い手の正体が気にかかるのは無理もない。兵法者を志す身となれば尚のことだ。

刀を抜くと同時に斬る、あの技は一体何なのか。

期待を込め、若者は答えを待った。

武士の態度は素っ気無かった。

「わざわざ追って参ったのなら、まずは挨拶をするのが道理であろう」

向き直り、若者の目を見た。射抜くような、鋭い視線であった。

「ご、ご勘弁くだせえまし」

若者は、ぺこりと頭を下げた。

「先程は、おかげさんで助かりました。恩に着ますぜ、先生」

装いこそ武者修行者風だが、話しぶりは市井《しせい》の無頼の徒と大して変わらない。どうやら、根っからの武士ではないらしい。

「それで先生、ご相談なんですがね、あの技をぜひ、俺にも……」

「余人《よにん》から先生と呼ばれる覚えは無い」

武士は頑《かたく》なな態度を崩さぬまま、背中を向ける。

「あ、待っておくんなさい」

慌てて追いすがり、若者は懇願《こんがん》する。

「どうか、弟子にしてやってください」

武士は答えない。そもそも答える必要など無かった。

無言のまま先を急ぐ武士に、若者は屈することなく問いかける。

「先をお急ぎなら、船のほうが速いんじゃないですか」

「伊勢路は初めてである故、ゆるりと自分の足で回ってみたいのだ。先を急ぐ旅でも無いからな」

足を止めることなく、武士は面倒くさそうに答えた。

「そうでしたかい、渡し賃が勿体《もったい》ねぇと……」

若者は、意味ありげに片頬を緩めた。

武士の歩みが、ぴたりと止まる。

若者はずけずけと言い放つ。

「びた銭五枚っきりしか、持ち合わせが無いんでしょう?」

いつの間に、あの場で見て取ったのか。

「ねえ、先生」

笑みを浮かべながら、若者は更に迫ってくる。

「うるさいぞ!」

一喝《いっかつ》しても、効きめは無かった。

「本当は急ぎ旅なんでしょう？　先生みたいに真面目そうな御仁《ごじん》は、当て所《ど》なく旅をするって柄《がら》じゃありませんやね」

この若者、ただの阿呆ではないらしい。

「遠慮なく、使ってください」

手早く胴巻きの紐《ひも》を解き、前に回って中身を見せる。ひとつかみの永楽銭に切銀《きりぎん》が少しばかり混じっている程度だが、目指す地までの路銀としては十分な額であった。

「お役に立ちたいんです」

「む……」

武士は迷った。むろん、見返りは求められるに違いない。この若者は弟子入りを望んでいる。受け取れば後悔するのは目に見えていた。

が、今は路銀が必要であった。何としても兄弟子《でし》の許《もと》まで辿り着き、積年の疑問を解き明かさなくてはならない。

「そこまで申すのならば、是非もあるまい」

重々しくうなずくと、武士は名乗った。

「林崎甚助重信と申す」

「巽新之助です！」

勢い込んで答えると、新之助は続けて問いかけた。

「先生、行き先を教えてください。ごまかすのは無しに願いますよ」

どうあっても、この若者は付いてくるつもりでいるらしい。

「……多気《たけ》の里だ」

「北畠様、いや、織田の若様のご領地じゃないですか⁉」

驚く新之助に、重信は憮然《ぶぜん》と告げた。

「用があるのは信長の息子に非《あら》ず。北畠の、大殿のほうだ」

「まさか主取《しゅど》りを……なさるんで？」

不躾《ぶしつけ》な新之助の問いだったが、重信はなぜか腹が立たなかった。率直なこの若者のことが、気に入り始めていたのかも知れない。

「俺は半年前、好んで主家を捨てた身だ。いまさら仕官を望むはずが無かろう」

「そうですかい」

新之助は、嬉しそうに微笑んだ。

二

銭さえあれば、旅は早い。

白子から伊勢の港に着いた重信と新之助は、直ちに初瀬街道を西へ向かった。

本街道に抜けて、黙々と歩き通すこと一昼夜。

夜明けの峠に立ち、思わず重信は嘆息《たんそく》した。

（これが……）

目も遥《はる》かに広がる壮観な光景に、ただただ心を奪われていた。

雲海《うんかい》の切れ目に見えるのは古《いにしえ》の聖地、伊勢国だ。

世は移れど自然は変わらない。しかし、権力の座は常に流転《るてん》する。

後醍醐帝《ごだいごてい》を押し奉《たてまつ》る南朝の執権として辣腕《らつわん》を振るった北畠親房《ちかふさ》の三男の顕能《あきよし》が初代国司を拝命《はいめい》し、拠点を構えたのは二百年余の昔である。

その北畠一族の支配も磐石《ばんじゃく》では無かった。

今を去ること三年前の永禄《えいろく》十二年（一五六九）十月。第八代国司の北畠具教は隣国の尾張から執拗《しつよう》な攻撃を繰り返す織田信長に屈し、ついに和睦を受け入れた。

信長が突き付けた和睦の条件は、養子縁組。

次男の茶筅丸を具教の娘婿として迎えて欲しい、という信長の提案は、伊勢国司の正統を途絶させ、名実ともに織田家の支配下に置くための方便《ほうべん》だった。

それと承知の上で、具教は無条件降伏の道を選ばざるを得なかったのだ。

敗者に抗《あらが》う術《すべ》は無い。古より相次ぐ敵勢の侵略を阻み、伊勢国の独立を守り続けてきた剛勇の北畠武士も強大な織田軍団を相手に戦い続けるのは至難であり、民百姓を守るためには涙を飲んで降伏するより他になかった。

「先生！　早いとこ麓《ふもと》に出て、朝餉《あさげ》にしましょう!!」

重信の想いを、新之助の蛮声《ばんせい》が遮った。

路銀はすべて、本来の持ち主である新之助に預けてある。

「金は、まだ大丈夫か」

「心配しないでおくんなさい」

にっこり笑うと、新之助は先に立って駆けていく。

聞けば、歳は二十だという。まだ若く、可能性に満ちている若者の姿は、重信の目にまぶしい。自分がとっくに失くしたものを、新之助は持っている。

若者が世に出るのは、容易なことではない。しかし、ひとたび端緒をつかめば、後

は迷わず、騎虎《きこ》の勢いで突っ走れる。

（十一も下であったのか……道理で思い切りも良いはずぞ……）

　重信は新之助の後を追い、溜め息を吐きながら峠を下っていった。


　二人は煮売屋に立ち寄った。長床机《ながしょうぎ》に並んで腰掛け、煮抜きの出汁《だし》をぶっかけた熱いうどんを胃の腑《ふ》に納める、味噌にかつおを煎《せん》じて合わせた出汁の香ばしい匂いが、食欲をそそらずにはいられない。

「すまんな」

「何をおっしゃるんですか。水くさい」

　気の良い笑顔を見せる新之助は、早くも二杯目を手繰《たぐ》っている。

　早々に食べ終えた重信は、居心地の悪そうな顔で白湯《さゆ》をすすった。

　それにしても、活気の絶えた街だった。

　日中にもかかわらず、通りは閑散《かんさん》としている。

「親爺《おやじ》、商いはどうか」

「あきませんな」

　店のあるじに問うても、当たり障りのない返事しか返ってこない。

「北畠の大殿はご息災か？」

「さぁ……お達者だとは思いますがねぇ」

重信は、黙念と目を閉じた。

この多気の里は、北畠具教の父にあたる伊勢七代国司の晴具《はるとも》にゆかりの深い城下町である。初瀬街道と伊勢本街道に通じており、伊勢神宮に十里（約四〇キロ）、京の都には二十里（約八〇キロ）と交通の便はすこぶる良い。南朝に連なる名流を称する北畠武士にとって、申し分ない地であった。

里の中心に位置する霧山《きりやま》城の南北は急斜面。そして東西は尾根である。七つの峠に遮られた盆地は、いわば天然の要害だ。

交通の便、そして地の利に恵まれた霧山城は、築城法の基本条件とされる堅固三段《けんごさんだん》のうち、国堅固と所《ところ》堅固の二大条件を満たしている。残る条件の城堅固――城郭の防御に関しても、西の本丸を東の曲輪《くるわ》より一段高く設け、四方には土塁《どるい》を巡らせてあるので、旧式の山城といえども申し分ない。

本丸に連なる尾根が、霧山城下の目抜き通りだった。武家屋敷や商家が建ち並ぶ大《おお》路《じ》は、路地が入り組んでいるために歩きにくい最近の城下町と違って、ごくゆったりと造られている。これも主家の家風というものだろう。今は亡き七代国司の北畠晴具

は、先祖代々の拠点と定められてきた霧山城を中心とする城下町を整えると同時に、京より貴族たちを招いて一大文化圏を形成した風流人だった。

しかし、家督《かとく》を継いだ具教は剣術一辺倒の武辺者である。父の貴族趣味を否定こそしなくても、率先して真似をすることは無かった。

織田家との総力戦を目前に控えた永禄十一年（一五六八）、居城を霧山城より後方の大河内《おかわち》城に移させた具教は、三男の政成《まさなり》に城代《じょうだい》を命じた。

かくして辛くも戦火を免れた霧山城下であったが、昔日の繁栄の名残《なご》りをとどめてはいても、決して栄えているとは言い難い。

かつて小京都と賞された多気の里は今や見る影もなく、伊勢参りが盛んになりつつある昨今も、わざわざ多気の里まで足を伸ばす物好きは少ない。

織田家より遣わされた駐屯兵《ちゅうとんへい》どもが居座っていることも、他国から訪れた人々が寄りつかぬ原因のひとつだった。

織田家の兵は本来、統制がきわめて厳しいという。裏を返せば、他国では好き勝手な真似も咎《とが》められる恐れがないため、この霧山城下でも勘定を踏み倒すなどやりたい放題。織田家に誰も逆らえぬ伊勢へ派遣されたのを良いことに、鬱憤《うっぷん》を晴らそうとする者が多いのだ。

　重信たちの隣の長床机に陣取り、下卑《げび》た笑い声を上げながら茶碗酒を食らっている二人組も、その手の類《たぐい》であろう。五葉木瓜《いつばきゅうり》の家紋を付けた陣笠を脱ぎ捨て、昼間から酩酊《めいてい》している様はいかにも見苦しい。

「酒も付けずに、うどん三杯か」

「雇い主のおらぬ身は、さもしいものだのう」

　新之助が二杯目のうどんをきれいに平らげ、もう一杯注文するのを見た兵たちが無遠慮な声を張り上げた。

　と、新之助の長身が機敏に動いた。

「おい」

　声をかけるのと、足払いを見舞うのは同時だった。不意を衝《つ》かれた二人の兵は、たちまち長床机から転げ落ちて昏倒《こんとう》する。

「ありがとよ、おっさん」

　がたがた震えるあるじから、新之助は湯気の立つどんぶりを受け取った。

　縁からあふれた熱い出汁が手に掛かっても、平気な顔をしている。真剣勝負には及び腰でも、喧嘩は慣れているらしい。

「俺はね、先生」

どんぶりを抱えたまま、事もなげに新之助はつぶやく、

「主持ちの連中ってのが、何よりも嫌いなんですよ」

息ひとつ乱れてはいなかった。

重信は何も答えない。

「ははは、ざまぁねぇや」

気絶した兵たちを嘲《あざけ》りながらうどんをすする新之助を黙って見返し、どんぶりに残った出汁を飲み干す。

通りを行き交う者は誰もいない。

相も変わらず、閑散としたままだった。


店を出た重信と新之助は、目指す屋敷に向かって歩き始めた。

「おぬし、何故に主持ちを嫌う」

「え？」

ぼそりと重信に問いかけられ、新之助は当惑の色を浮かべる。

肩を並べて歩きながら、重信は続けて言った。

「一度でも、武家奉公というものをしたことがあるのか」

「いえ、ございません」

「ならば、無闇に突っかかるのは止めておけ」

「どうしてですか、先生……」

気色《けしき》ばむ新之助に、重信は説き聞かせた。

「武者修行を志したのは、おぬしの勝手だ。別に世間から偉いと認められることでも何でもない。むしろ、己は世間の厄介《やっかい》ものと考えねばならぬ」

大人しく聞いている新之助に対し、重信は言葉を続けた。

「農民は田畑を耕し、武士《もののふ》は文武の両道を以《もっ》て主に仕える。いずれも優劣は無い。この国を支えるのに欠かせぬ両輪なのだからな。しかし兵法者は違う。益なき存在なのだ」

「………」

「技を磨いて武名を売り、主家を求めるも良し、己が精神を修養し、その根源に到達せんとするのも良し。いずれにしても修行とは手前勝手に行うもの。決して主持ち侍を軽んじていい立場ではない。それを忘れるな」

「……は」

それ以上、重信は何も言わなかった。

若き日の自分に説教したような、そんな気分だった。

三

小半刻《こはんとき》（約三十分）後、重信と新之助は、瀟洒《しょうしゃ》な屋敷の前に立っていた。

「見事だ……」

重信が思わず口にしたのも、無理はない。

この館は人呼んで多芸御所。京を追われた室町幕府十二代将軍の足利義晴《よしはる》のために造園された北畠庭園に隣接する、伊勢国司代々の居館である。

しかし今、この館には正式なあるじがいない。織田家から北畠家に婿入りして新たな当主となった茶筌丸は今年の春に元服し、北畠具豊を名乗っていたが、なぜか国司を継承することだけは、かたくなに固辞し続けているとのことだった。

南朝の流れを汲む名門の北畠家から伊勢国司の座を分捕るべく、父の信長の命《めい》を受けて送り込まれた立場であるにもかかわらず、首を縦に振ろうとしない。

噂によると、こんなことを口にしているらしい。

『わたくしはまだ、誉れ高き北畠武士の跡目を継ぐ器では、ございません』

茶箋丸は十六歳。匂うような美童《びどう》だという。

『どうか、しばしのご容赦《ようしゃ》を』

鼻にかかった甘ったるい声で流し目まじりにそう告げられては、男色《だんしょく》の気が無い者もぞくりとせずにはいられまい。

ともあれ伊勢国では男女を問わず、尾張から来たこの美童に魅せられて、その力量に期待を寄せる傾向が強まりつつあった。

なぜ、憎むべき敵の倅《せがれ》にそこまで――。

他国者の重信には、理解できない。

「それほど見目形が美しいのか」

「ええ。そりゃぁもう！　俺は一度だけ遠目に拝ませてもらっただけですがね。奥方の千代御前《ちよごぜん》と並んだところなんざ、雛人形のようでしたよ」

機嫌を直したらしい新之助は、いつもの調子で明るく言った。

「雛人形、か」

「一目惚《ひとめぼ》れしたくもなりますって」

「なるほど」

どうやら茶箋丸改め北畠具豊は、織田勢の侵略に敵意を燃やしていた伊勢の人心を蕩《とろ》かすだけの美貌と、言葉巧みな弁舌の使い手らしい。

しかし、たったそれだけのことで、民の心をつかむことができるものだろうか。

正直なところ、重信にはさほど関心が無かった。

具豊が国司の継承権を拒みながらも人心を掌握し、強大な武力を誇る織田家が公然と国政に介入している今も、この多芸御所はれっきとした北畠本家の所有物。

重信が訪ねる相手――北畠具教さえ居てくれれば、それでいい。

実権を奪われて久しいとはいえ、北畠家中の頂点に立つ具教にとっては誰憚《はばか》ることのない、父祖伝来の館なのだ。

「今じゃ時々立ち寄られては、お庭で剣術の稽古《けいこ》をされるぐらいだそうですよ。それも、ごくたまにしかお出《い》でにならないとかで」

新之助の言葉を裏付けるかのように、門の両脇には三間槍を重そうに手にした初老の足軽《あしがる》が二人、所在なげに突っ立っているだけだった。今でも貴人の住まう館であれば、こんな貧弱な備えで済むはずが無いだろう。

「先生、もう行きましょう」

遠慮がちに、新之助は言った。

「俺は故郷を捨てる覚悟で武者修行に出た身ですから、織田の殿さまを身びいきする気なんぞはありません。ですがね先生、北畠のお屋形《やかた》様にはもう、昔の気概《きがい》は無いんじゃないですか？　お目通りなすっても、がっかりなさるのが落ちだと思いますよ……」

故郷の尾張を出奔《しゅっぽん》し、伊勢国内を徘徊《はいかい》していたという新之助は、ここ数年の北畠家の凋落《ちょうらく》ぶりを承知の上。かつては剣豪大名と勇名を馳《は》せた北畠具教が、権勢の座と居城である大河内城を敵将の子に明け渡し、三瀬谷《みせだに》の小城に引きこもっていると教えてくれたのも、新之助だった。

言われた通り、今の具教に面会しても、得るものは無いのかも知れない。

そもそも今日、この館に来ている保証など、どこにもありはしないのだ。

しかし、重信は確信していた。

(間違いなく、具教殿は居られるはずだ)

無言で一歩、前に出る。

「出直しましょう。ね？」

新之助が引き止めるのに構わず、番士に呼びかけた。

「北畠の大殿に、お目通り願いたい」

「何者か！」

思わぬ闖入者《ちんにゅうしゃ》の出現に、二人の番士は素早く身構えた。

予想外の機敏な反応だった。軽輩《けいはい》とはいえ、武勇で知られる北畠家に仕える者だけによく鍛えられていた。

動じることなく、重信は続けて問いかける。

「大殿とは、同門の間柄でござる」

「何と」

初老の番士たちは面食らった様子で顔を見合わせた。

無理もあるまい。自分よりも頭ひとつ低い、五尺ばかりの小男が三尺を越える大太刀を差して現れ、とんでもないことを言い出したのだ。そもそも合戦場ならばいざ知らず、これほど長い刀を町中で携行している者など、見たことがない。

だが、無下《むげ》に追い返すわけにもいかない。

具教は希代《きだい》の兵法者である。剣を通じての交遊関係も幅広い。

真偽の程はともかく、同門の間柄と称する者を独断で追い散らし、後から御手討ちにされては困る。

「ご姓名の義を承《うけたまわ》りましょう」

年嵩《としかさ》の番士が口調を改めて問いかける。

重信も、努《つと》めて神妙に答えた。

「塚原卜伝《つかはらぼくでん》先生が門下の、兄弟弟子《でし》が参ったとお伝えくだされ」

「ははは、埒も無いことを」

途端に老番士は冷笑した。掌《てのひら》を返したような態度であった。

「当てが外れて生憎《あいにく》だったな。大殿は今、そこもとの先口に稽古を付けていなさる。

日に二人もお相手をなさるはずがあるまいて」

「先口とは、どなたでござるか」

重信はあくまで冷静だった。

動じぬ様《さま》に気圧《けお》されながらも、老番士は答える。

「塚原兵四郎《へいしろう》殿と申されたが……」

「兵四郎？　ああ」

その名を聞くと同時に、重信は微笑む。

「知っておるのか」

今度は老番士が困惑する番だった。

「ご案じ召さるな」

目礼すると案内《あない》も乞わず、ずんずん門の中へと入っていく。

間髪《かんはつ》入れず、新之助も大股で門を踏み越えた。とことん師匠に付いていこうと腹を括《くく》ったらしい。

「御役目、大儀《たいぎ》」

お調子ものらしく、とっさに軽口を叩くのも忘れない。

番士たちは、呆気《あっけ》にとられた顔で見送るばかり。

いずれも年の割には腕こそ立つが、客人と親しい仲と思《おぼ》しき重信に追いすがることはできずじまい。これでは護りが固いとは言えまい。

ここ多芸御所で形骸化して久しいのは、門の警備だけではない。

すべてが昔日の栄光と成り果てていることに、重信と新之助はまだ気づいてはいなかった。

四

荒れ放題の庭に、二人の男が立っていた。

かつて造園に贅《ぜい》を尽くした名残りなど見る影も無い。

それでも、勝負の場としては、申し分のない広さだった。

共に木刀を構えている。今、まさに形稽古《かたげいこ》を始めようとしていた。

形稽古は二人の者が打太刀と仕太刀に分かれて向き合い、最初に打ち込む打太刀の剣を受け止めた仕太刀が、応酬の末に反撃の一刀を浴びせて終わる。無論《むろん》、寸止めだ。

決まった形を演舞する以上、正しい手順を踏めば危険は少ない。とはいえ打ち込みの威力が真剣に等しい木刀を用いるため、わずかでも手許が狂えば死に至る。

たとえ同じ流派を学んだ者同士であっても、気軽にできることではない、真剣勝負に匹敵する、命を懸《か》けた稽古なのである。

「いつでも良い。参られよ」

「応《おう》！」

吠えた打太刀は、四十そこそこと思《おぼ》しき武士だった。精悍《せいかん》な顔立ちに浅黒く日焼けした肌。そして、巌《いわお》を重ねたような筋肉質の体軀《たいく》。いかにも兵法者らしい外見だ。

対する仕太刀は痩せていて、ひょろりと背が高い。年齢は、打太刀よりも四、五歳年上といったところか。削ぎ落としたかのように、無駄な肉が一片も付いていない。

一見すると打太刀が優勢と思えたが、明らかに押されていた。

広い額にふつふつと汗が浮かび、鷲鼻《わしばな》を伝って流れ落ちる。容赦なく照りつける陽の光の下での立ち会いとなれば汗ばむのも無理はなかったが、しとどに濡れた顔面は動揺に満ちていた。両の肩には力が入り、上がってしまっている。

対する仕太刀は微動だにしていない。丹田《たんでん》以外の力がきれいに抜けた自然体で立ち、相手の喉頸《のどくび》に剣尖を向けていた。

打太刀が汗まみれで木刀を引いた。

「どうなされた、兵四郎殿」

応じて、仕太刀も構えを解く。先程から変わらない、落ち着き払った物腰だった。

「北畠氏《うじ》、どうか……前置きはここまでに……願いたい」

兵四郎と呼ばれた年下の武士は、まくし立てるようにして言った。言葉が切れ切れにしか出てこないのは、一気に解けた緊張感の反動なのだろう。

「何故に、こうも手間を取らせるのです……」

息の乱れを隠そうともせず、兵四郎は声高《こわだか》に不満を撒き散らした。

「……拙者とて……暇な体では無いのですぞ。郷里の鹿島《かしま》に立ち戻れば、千を越える門弟どもが、帰りを待っておるのですからな……」

兵四郎は額に巻いた手ぬぐいを外した。

「むむっ……」

汗でびっしょりと濡れていることに、今となって気づいたらしい。

木刀の扱いさえ分からず、闇雲に振り回すような新弟子ならばともかく、剣術の修行に熟達しているはずの身でありながら、これほどまでに汗をかくとは――。

兵四郎は新たな動揺を、面に浮かべずにはいられなかった。

「大丈夫かの」

「ご、ご案じ召さるな」

兵四郎は大仰《おおぎょう》に顔をしかめて見せた。

「夜に日を継いでの長旅をしたせいでしょうな。妙に、体が熱を帯びているようで……」

苦しい言い訳を、年嵩の武士は涼しい顔で聞き流した。

「されば、今日は止めておきますかな」

慌てたのは、兵四郎のほうである。

「北畠氏、それは……」

「黙らっしゃい」

構うことなく、年嵩の武士はぴしゃりと告げた。

「印可《いんか》をお授けしようと申すに力量を見極めさせてもらわねば、成る話も成りますまい」

「北畠氏、それは違いましょうぞ」

二の句が継げないかと思いきや、兵四郎はこう言ってのけた。

「『一《ひとつ》の太刀』の秘伝、わざわざ見取り稽古などさせていただかなくても、別によろしいのです。拙者《せっしゃ》はただ、父の遺言に従って罷《まか》り越しただけなのですからな」

「なるほど、それは大儀にござった」

闊達《かったつ》に答え、年嵩の武士は言葉を続けた。

「何故、師匠は貴公《きこう》に申されたのであろうかな……それがしの『一の太刀』を見届けられた上で、正式に新当流《しんとうりゅう》の御宗家を名乗られるように、とは」

「さて、それは拙者も分かりかねます」

兵四郎は自信を回復していた。

「むろん、拙者とて塚原卜伝が一子にござれば、秘伝の術技は余さず授けられており申す。もしも不本意ということならば、無理にはお願い申すまい」

攻勢に転じると、こういう人物は図太い。

「ま、ま、お手柔らかに」

年嵩の武士は、一転して低姿勢。

「まさかお断りする訳には参りますまい。それがしも不肖《ふしょう》の弟子ながら、お父上より新当流の免許皆伝を受けた身ですからな。他ならぬ二代目宗家の御為《おんため》とあれば、ご随《ずい》意《い》にさせていただきましょう」

「よ、よいのか」

兵四郎はちらりと覗きかけた歯を隠し、重々しい表情に切り替えた。

むろん、年嵩の武士は見て見ぬ振りをした。

さりげない態度で、では、と裏門を指し示す。

隣接する北畠庭園への同行を促したのだ。

「この場ではいかんのか、北畠氏」

逸《はや》る気持ちを押さえきれずに、兵四郎は問う。

「二代目どの……」

返ってきたのは、嘆息まじりの言葉だった。

「『一の太刀』は大道芸の居合抜きではござらぬ。たとえ先生のご嫡男でも、気軽にご披露するものではありますまい」

半ば呆れた声で、続けて説き聞かせる。

「それに、衆人の前では具合が悪い」

「衆人？　誰もおらぬではないか」

兵四郎は、きょとんとしている。

無言で苦笑した年嵩の武士は、

「出てきなさい」

と呼ばわった。

姿を見せたのは、大小二人の男だった。

「塚原先生に、所縁《ゆかり》の者とお見受けいたす」

問われて、小柄な男は返答した。

「林崎甚助重信と申します」

重信が深々と一礼するや、新之助も慌てて頭を下げる。

重信は続けて言上《ごんじょう》した。

「北畠の大殿にはご機嫌うるわしい御気色《みけしき》で……ご尊顔を拝し奉り、恐縮至極に」

「よせよせ、堅苦しいのは」

年嵩の武士は重信の言葉を遮って、

「それからな、儂のことを大殿と呼ぶのはよしてくれ」

と言い渡した。

「今は楽隠居の身じゃ。不智斎と号しておる故、それで良い」

それから北畠具教は塚原兵四郎の他には誰もいない、北畠庭園――かつて塚原卜伝が自分への秘剣伝承の場所に選んだ池のほとりで、新当流秘中の秘技である『一の太刀』を遣って見せた。見取り稽古を終了した兵四郎は、くだくだしく「何事も父の遺言にござれば」と前置きした上でしたためさせた印可状を懐にして、早々に多芸御所を後にした。

これで塚原卜伝が秘中の秘技『一の太刀』は、我が物となった。これで、名実ともに亡き父の後継者、新当流剣術の二代目宗家として世に君臨することができる。有頂天になったのも、無理はあるまい。

天にも上る心持ちを悟られぬように、兵四郎が重々しい態度を崩さぬままで伊勢の地を去ったのは、いうまでもない。

関東七流《かんとうしちりゅう》と称された東国《とうごく》の古流剣術の流れを汲む、念流《ねんりゅう》、中条流《ちゅうじょうりゅう》、陰流《かげりゅう》の三大流派より歴史は浅い新当流だが、父の卜伝は関東七流を代々継承してきた鹿島《かしま》神宮の神官座主《ざす》の家に生まれた身。兵四郎は、その卜伝の長子であった。

近年になって各地に出てきた新興流派などに後《おく》れを取ってはいられない。関東七流はもちろんのこと、西の京八流《きょうはちりゅう》を含めても随一と世に認められるまでに、新当流を盛り立ててくれよう——。

しかし決意も固く鹿島に戻った後、兵四郎の消息は不明となった。

新当流の系譜は、卜伝の弟子たちの中でも若年《じゃくねん》の斎藤伝鬼坊《さいとうでんきぼう》の天流《てんりゅう》、および師岡《もろおか》一羽《いっぱ》の一羽流《いっぱりゅう》に受け継がれたが、両名が非運の死を遂げた後、戦国乱世の終焉《しゅうえん》と共に、卜伝直伝の技は途絶えたという。

ところが意外な継承者が、ここにいた。

北畠具教が「唯受一人《ただうけいちにん》」と自負する新当流の秘剣『一の太刀』を伝授されていた者が、実はもう一人、この世に存在していたのである。

五

兵四郎が多芸御所を去った直後のことである。

「本物の『一の太刀』をご披露されたのですか」

「本物、とは」

具教は、怪訝《けげん》そうに問い返す。

重信はただ、黙って見返すばかりだった。

（こやつ、まさか……）

殿中《でんちゅう》を歩きながら、具教は努《つと》めて平静に答えた。

「当然であろう。誤った技を伝えさせては、師匠の名を汚すことになるからの」

「左様《さよう》でござるか」

重信も表情は変わらない。

長い廊下を渡りきり、重信は主殿に通された。

「ま、楽にしてくれ」

重信に膝を崩すように勧めると、具教は自分もあぐらをかいた。

長い足を器用に組み、悠然と座した姿は実に優美。重信に絵心があれば、すぐさま筆を取りたい衝動に駆られていたに違いない。

頭《かしら》に霜《しも》を置いても尚、これほどの見目良い姿形を保っているのだ。もしも寄る辺《べ》のない一介の牢人《ろうにん》だったとしたら、亡き師の卜伝は迷わず具教を身近に置き、重信はもとより兵四郎も差し置いて、日々寵愛《ちょうあい》していたことだろう。

家柄。容姿。そして、余りある剣術の才能。

あらゆる面を満たしている者が、世の中には希《まれ》にいるものだ。

（出来れば、お目にかかりたくない手合いだな）

それは重信の、偽らざる本音であった。

対する具教は相変わらず、打ち解けた態度を取っていた。

「それにしても、よく訪ねてくれたの」

「恐れ入ります」

同門の兄弟子ではあるが、こうして直に話すのは初めてのことだった。

北畠具教。剣聖と謳《うた》われた恩師、塚原卜伝が一番弟子と認めた人物だ。

人は彼を、剣豪大名と呼ぶ。

伊勢国司の座は三年前の永禄十二年（一五六九）、長男の具房《ともふさ》に譲っている。公《おおやけ》の立場としては栄光も過去のものとなって久しい隠居の身にすぎないが、伊勢の宰領《さいりょう》はこの傑物《けつぶつ》を置いて他に無い、というのが衆目《しゅうもく》の一致するところだった。

（具教殿が落命すれば即、北畠家は滅ぶ）

そう思う重信ではあるが、北畠具教の家柄や容姿はもちろんのこと、人物そのものには何の興味も無い。関心事はただひとつ、具教が兵法者として、亡き卜伝の一番弟子として認めるに足る力量を持っているのか否か、という点だけだった。

まずは軽く、探りを入れる。

「風聞に違《たが》わぬお腕前ですな」

「そうかな」

「失礼ながら、先ほどお帰りになられた兵四郎殿は我らが師、塚原卜伝先生に比べると実戦の場での修行が、いささか……」

「よいよい、皆まで申すな」

手を振って言葉を遮り、具教は微笑んだ。

「わざわざ口に出さずとも良いではないか、のう」

屈託《くったく》のない、さわやかな笑みだった。

具教は当年四十四歳。油の乗りきった齢である。

実子である具房はもとより、敵国から心ならずも婿に迎えた具豊に、権勢の座を早々に明け渡す必要など、毛ほども感じられなかった。

本人とて、好んで隠居したわけではあるまい。家督《かとく》のことに話を持っていけば、食いつきも良いことだろう。

「霧山のご城下にて織田方の雑兵どもを見かけ申した。あのような輩が跳梁《ちょうりょう》しおるを見逃さざるを得ぬご無念、謹んでお察し申す」

「それよ、それ」

何げない社交辞令の言葉にも、具教は即座に反応して見せる。

「あの織田の小倅《こせがれ》め、日に日に憎らしゅうなってきおる。初めは見た目のしおらしさに騙されたがな、とんだ食わせ物だったわ」

すかさず重信は問いかけた。

「時に不智斎様、三瀬谷のご城下に麾下《きか》の兵が続々と集まっておいでだとか」

「おぬし、耳が早いの」

具教は憮然と見返す。

重信の指摘は、正鵠《せいこく》を射たものだった。


茶筅丸を擁《よう》する織田家の駐屯軍が伊勢に腰を据えたのは三年前、永禄十二年の年の瀬のことだった。以来、占領支配を快しとしない北畠家の家臣たちは隠居した具教を慕い、彼が移り住んだ三瀬谷の城下に近い各地に拠点を構え始めた。

そして一年が経過し、反織田の気勢は頂点に達した。伊勢国の不穏な情勢を察した信長は元亀元年（一五七〇）十二月、伊勢路平定の前進基地として設置した安濃津《あのつ》城を預かる甥の信包《のぶかね》に攻撃命令を下し、さらには懐刀の木下藤吉郎《きのしたとうきちろう》まで投入して、反抗勢力に恫喝《どうかつ》を加えている。

この時、具教をいちばん怒らせたのは信長でもなければ、その憎むべき敵将の子である茶筅丸改め具豊でもない。己が血を分けた長男の北畠具房だった。事もあろうに具房は藤吉郎の甘言《かんげん》にまんまと乗せられて手勢を動かし、織田の軍と交戦中の北畠家の家臣たちを攻撃させたのだ。血迷った末の愚行《ぐこう》としか、言い様がない。

ちなみに具房は永禄十二年の秋に繰り広げられた織田方との合戦で、藤吉郎の一の配下である蜂須賀小六《はちすかころく》に妻女を強奪されるという大失態を犯していた。

知恵者の藤吉郎より指図を受け、巧みに監視の目を潜り抜けた小六は具房の妻女が身を寄せていた多芸御所に侵入。無駄に血を流すことなく、鮮やかに事を成したのだった。

「思い出すのも忌《い》ま忌ましいわ」

具教は口調も態度も一変していた。

「この多芸御所に！　野盗上がりの慮外者《りよがいもの》めが土足で踏み入りおったのだぞ‼　我が北畠家が始まって以来、あれほどの辱《はずかし》めを受けたことは無いわっ」

具教が激怒するのも、無理からぬことだった。人質の身柄を無事に取り返すため、見返りを与えなくてはならなくなった。故に北畠家は具房の妻女の命と引き換えに、信長より突き付けられた交換条件——養子縁組を承諾せざるを得なかったのだ。

木下藤吉郎は北畠父子にとって、不俱戴天《ふぐたいてん》の敵。具房はその怨敵《おんてき》にまんまと丸め込まれ、安易に兵まで動かしたのだ。いずれ茶筅丸に取って代わられる運命とはいえ、具教の後継者の地位にある者が為したこととは思えなかった。

愚行続きの具房に水を差されながらも態勢を立て直した北畠家中の者たちは隠居の具教を真の主君と見なして団結。領内に配置された織田の駐屯軍の目を盗み、着々と兵力を蓄えつつあるという。

「げに頼もしき者どもよ、裏切る者が居れば、忠節を尽してくれる者もいる。弓矢取る身の習《ならい》とは、ありがたいものだな」

いつしか、具教はしみじみとした口調になっていた。

時代を問わず、所有する領土が広ければ広いほどに、点在する家臣たちを等しく束ね、統制を取るのは難しい。それは乱世の伊勢においても、例外ではなかった。

この三年来の凋落は、北畠家を支える四御所の筆頭に数えられていた木造《こづくり》家の造反に端を発している。所領が尾張との国境《くにざかい》に近い木造家は地の利を悪用し、織田の軍勢を首尾よく北畠領内へと導いた。織田方の勝利は、この裏切りに負う部分が大きかったのだ。

しかし信長は激昂《げっこう》しやすい反面、裏切りを忌《い》み嫌う。木造家は一部の者を除いては優遇されることも無く、駐屯軍の下部に組み込まれただけのことだった。

「それは、当然の報いとしてだな」

雄弁になった具教は、更に言葉を続けた。

「我が手勢は、これより先も増えようぞ」

「と、申しますと」

「気づかなんだか」

不意に顔を近付け、具教は得意そうに形の良い鼻を蠢《うごめ》かした。

「霧山城よ。三瀬谷に劣らぬ数が、じきに揃うわ」

「何と……」

重信は絶句した。

そういえば、城下に駐屯している織田の兵たちはどこか様子がおかしかった、あれは決して強者の態度ではない。銭で雇われた雑兵どもが主力の、いささか頼りない軍制とはいえ、優位な立場ならば行動にも自ずと余裕があるはずだ。

だが新之助にあっさり叩きのめされた二人組を含めて、霧山城下で見かけた織田の兵たちは皆、どことなく怯えた色を浮かべていた。

それでいて昼間から酒を喰らっていたのは、いつ駆逐《くちく》されるか分からぬ者に特有の、捨《す》て鉢《ばち》な態度と思えば納得がいく。恐らく、霧山城には織田の駐屯軍も手出しできない数の手勢が、確実に揃いつつあるのだろう。

「思い当たるようだの」

「……は」

「譜代《ふだい》の者たちだけではない。紀州《きしゅう》、志摩《しま》、熊野《くまの》からも続々と援軍が馳《は》せ参じておるのだ」

「………」

重信は黙り込む。

具教ほどの人物がまさかここまで血迷っているとは思わなかった。

いかに北畠家代々の名城とはいえ、霧山城は旧式の城にすぎない。二百三十年前に築かれた、砦に毛の生えたような山城を拠点にして、強大な織田軍に挑むとは狂気の沙汰《さた》だ。

「大殿……」

「まことにありがたきことよ……」

更に感情の高ぶりを覚えたらしい。具教は涙まで流していた。

「一昨年には機を逃したが、儂もこたびは躊躇《ちゅうちょ》せぬ！　必ずや兵を挙げ、うつけの信長めに一泡吹かせてくれるわ‼」

重信に、もはや返す言葉は無かった。

ぐいと拳で涙をぬぐい、具教は微笑んだ。

「時におぬし、我が軍勢に加わらぬか」

それは早晩、切り出されると重信が思っていた誘いだった。

「同門ならば裏切りの気遣いも無いからの……」

自信に満ちた笑みを浮かべ、具教は畳《たた》みかける。

「早速、侍大将に取り立ててつかわすが、どうじゃ？」

「……大殿」

しばしの間を置いて、重信は返答した。

「誠に申し訳ございませんが、謹んでお断り申し上げます」

表情を一変させた具教に怯《ひる》むことなく、続けて言上する。

「そも拙者は仕官先を求めて、わざわざ伊勢まで罷り越したわけではありませぬ」

「ならば、何を望んで参ったと申すのか」

形の良い具教の眉が、ぴくりと動く。

構うことなく、重信は問いかけた。

「鞘の内《うち》とは何か、ご教示願いたい」

「鞘の内とな？」

眉を上げた具教の顔から、怒りの色が引いていく。

「それは、何か」

「卜伝先生より授かったお言葉です」

「ふむ」

塚原卜伝は齢を重ねるほどに、禅への傾倒を強めていた。

そして、重信は卜伝の最晩年の弟子に当たる。弟子として剣の修行かたがた、難解な公案《こうあん》を与えられていたとしても不思議ではない。

しかし具教の頭を以てしても、即座に見当が付きかねた。しかし、ここで逃げては卜伝門下で一頭地《いっとうち》を抜く遣い手と認められた、剣豪大名の沽券《こけん》にかかわる。

「剣も禅も、大悟《だいご》への道は己が力だけで切り開かねばなるまいぞ。違うかな」

「……ご高説《こうせつ》、痛み入ります」

目を閉じたまま答えると、重信は更に続けて語った。

「私は、幾度となく師匠と立ち会わせていただきましたが、いつもいま一歩のところで勝つことができませんでした」

卜伝の剣勢の鋭さは、具教も身を持って経験している。五十も若いとはいえ重信が師匠の太刀筋に対抗し得たのは、類《たぐ》いまれな剣の才能の持ち主ということに相違あるまい。

林崎甚助重信、恐るべし。この男を敵に回せば、厄介《やっかい》なことになる。

兵法者の直感で、具教は悟った。同時に、激しい嫉妬を覚えずにはいられなかった。

当の重信は、淡々と言葉を続けていた。

「その私に禅を勧めてくださったのが、他ならぬ師匠なのです」

「………」

「ちょうど二年、禅をやったところで、互角に試合《しあ》えるようになりました」

(師と互角だと……)

具教は心中で驚愕《きょうがく》せずにいられない。

先程から抱いていた疑問が、思わず口から衝《つ》いて出た。

「それで、『一の太刀』を授けられたか」

「左様にございます。最後の立ち合いを終えた日のことでありました」

告白を終えた重信は、静かに目を閉じた。

(やはり、この若僧めは捨て置けぬ……)

具教の胸に、更なる嫉妬の炎が燃え上がった。

重信は当年三十一歳。対する己は四十五歳。幾多の戦場《いくさば》を駆け巡り、数々の兵法者との真剣勝負を制してきた。

かくして積み上げた評判が評判を呼び、世に剣豪大名と謳《うた》われてはいても、もはや具教は老年に差しかかりつつある。年を追うごとに衰えていく我が身を自覚する度に、耐えがたい空しさを覚えずにはいられなかった。

が、目の前にいる男は、まだ若く、限りない可能性を秘めている。一軍の将として戦乱の世を渡らねばならぬ自分と違って、剣の道を究めることだけに注力することもできる。それでいて、弟弟子の分際で『一の太刀』の印可まで授けられているのだ。

(許せぬ)

嫉妬と苛立ちが頂点に達した、その刹那《せつな》。

具教の口から、思いがけない言葉が飛び出した。

「……林崎殿」

「何でございましょう」

改まった物言いに、重信は居住まいを正した。

「儂と試合《しお》うてはもらえぬか」

「試合《しあ》う、のでございますか?」

「お手前が勝てば、鞘の内なる一言に託されし卜伝先生がご真意、包み隠さず教えてつかわそうではないか」

「まことでございますか」

「ただし、拙者が勝った折には、ひとつ願い事を聞いてもらいたい」

「……」

「知れたことぞ。その腕前、儂のために役立ててはくれまいか」

再三の含みのある言葉に、重信はふと疑念を抱いた。

(織田の倅を亡き者にするための刺客《しかく》でも、務めさせるおつもりか)

具教と具豊の間には、近年とみに険悪な空気が漂っていると聞く。

義理の間柄とはいえ父が息子を無き者にしようと目論《もくろ》むなど、平和な時代に在っては許されざることである。

しかし、今は戦国乱世である。争いの無い時代の非常識が、むしろ常識として罷り通る世の中だ。近親者同士の殺し合いとて、驚くには当たらない。

北畠家凋落の元凶である具豊を取り除けば、伊勢国の窮地がどうにかなるというものではないだろう。

だが具教の許《もと》に参集しつつある北畠武士の精鋭たちが、織田方との再戦も辞さない覚悟を固めているのであれば、いっそ血祭りに上げてしまったほうが必ずや志気は高まる。すべては、戦国の世の習いなのだ。

(北畠の御家としては筋の通った話であろう。したが、俺は嫌だ)

もう人は斬りたくない。いかに同門の兄弟子から頼まれても、刺客などは御免だった。

「よいのかな」

重信の葛藤に構うことなく、具教は執拗《しつよう》だった。

「断る道理はあるまいぞ。何のために、わざわざ伊勢までやって来たのだ。鞘の内に目指す剣の極意が隠されていると、悟ったからではないのか」

図星だった。しばしの沈黙の後、重信は顔を上げた。

「お受けいたしまする」

無骨《ぶこつ》な造りの顔に、決然とした表情が浮かんでいた。

六

荒廃した庭に降り立ち、重信と具教はゆっくりと向き合った、

「取れ」

具教が差し出したのは、奇妙な形の道具だった。

全長三尺二寸（約九六センチ）。四割《よつわ》りにした竹を、丈夫な馬のなめし革でくるんである。

見れば、重信が愛刀に着けているのと同じ蟇肌《ひきはだ》――道中で鞘を保護するための覆いではないか。

不思議そうに手に取り、振ってみた重信は驚いた。木刀の代用にしては、余りにも軽い。本身《ほんみ》の刀や木刀に慣れきった身には、頼りないこと甚《はなは》だしかった。

「何でございますか、これは」

重信は思わず問うた。少々立腹してもいた。

動じることなく、具教は即答した。

「袋撓《ふくろしない》だ」

袋撓――。聞き慣れない名前である。

「上泉《かみいずみの》信綱《ぶつな》から、直々に贈られた品でな」

「伊勢守《いせのかみ》様⁉」

重信の顔が、思わず強張る。

「左様。あたら命を捨てることなく、雌雄《しゆう》を決するには最適の道具だそうな」

具教は笑顔で言った。

上泉伊勢守信綱は具教と重信の師である塚原卜伝ともども剣聖と称される、当代随一の兵法者である。流派は新陰流《しんかげりゅう》。甲斐《かい》の武田信玄《たけだしんげん》からの再三にわたる仕官の誘いを拒み通し、老境に至った今も剣術業一筋に生きているという。

その門弟には疋田豊五郎《ひきたぶんごろう》に神後伊豆守宗治《じんごいずのかみむねはる》、さらには柳生石舟斎宗厳《やぎゅうせきしゅうさいむねよし》と宝蔵院胤栄《ほうぞういんいんえい》、丸目蔵人佐長恵《まるめくらんどのすけながよし》など、世に聞こえた俊英が数多い。逆らうには、相手が悪すぎた。

それにしても勝負の場に割れ竹を束ねた代物《しろもの》を持ち出すとは、何事か。

人を馬鹿にしている。

口には出さなくても、具教には伝わったらしい。

「儂はまだまだ死ねぬ身でな。不本意だろうが、これでお願いしたい」

気負いの無い言葉に、重信は不承不承《ふしょうぶしょう》うなずいた、
渡された袋撓を手にして、二間（約三・六メートル）の間合いで向き合う。

「遠慮はいらぬ。当ててかまわんぞ」

「承知」

重信は地を蹴った。二間の間合いなど物の数ではない。

一気に詰《つ》めながら鞘を返し、逆袈裟《ぎゃくげさ》に斬り上げた初太刀《しょだち》が、具教の右脇腹を目がけて走る。

応じる具教の足さばきは機敏だった。

袋撓がぎりぎりまで迫った瞬間、左足から大きく一歩退《しりぞ》く。若い重信には敵《かな》わぬ敏捷さを勘で補い、逆袈裟に斬り上げてくると先読みして取った行動であった。

「む⁉」

かわされた刹那、重信は違和感を覚えた。生まれて初めて手にした袋撓は、真剣の重さに慣れた重信にとって、あまりにも軽すぎたのだ。

しかも、袋撓は振るった瞬間にふわりと撓《たわ》む。

下段から上段へと大きく弧を描いた刀身が頭上に達したところで左手を柄に添え、左肩口から右脇腹に向かって斬り下げる二の太刀は、初太刀の逆袈裟斬りが正確でな

ければ意味を為さない。

軽すぎる刀身が頭上を飛び越えて右肩の後ろまで達してしまっては、迅速な二の太刀を浴びせることが不可能になる。

具教はこうなることを、あらかじめ読んでいたのだ。紙一重で初太刀を避け得たのは、剣豪大名の実力に他ならない。だが二の太刀を決めさせなかったのは慣れぬ打物《うちもの》をわざと与えた、老獪《ろうかい》な戦略の為せる業《わざ》だった。

「一本！」

告げると同時に、具教は軽く面を打つ。

重信は柄にようやく左手を添えたばかり。

実力で劣っていたわけではない。しかし、初めて手にする道具の性質を見抜けないまま勝負に臨んだのは、完全な失策であった。

肩を落とした様子を見届け、具教は微笑んだ。

「儂の勝ちだな」

「……………」

重信は一言も返せない。完敗だった。

「されば、願いを聞いてもらおうか」

主殿に戻った具教は上座に着くや、弾む口調で話を切り出した。

「……何なりと」

負けじと胸を張りながらも、重信は折り目正しく頭を下げる。

「良き覚悟じゃ」

具教は満足そうにうなずいた。

続いて告げられたのは、思わぬ一言だった。

「試合に出てもらいたい」

「試合とは、一体……」

「明日、この多芸御所にて試合を催す。儂が存じ寄りの強者《つわもの》どもを集めて催す、腕試しの対戦じゃ。むろん、単なる余興では無い」

「と、申しますと」

「勝ち残った者は当家にて召し抱える。おぬしが勝ち抜けば、我が臣《しん》になってもらうぞ」

意外な、そして余りにも勝手な具教の物言いだった。重信が仕官など望んでいないのは、最初から承知しているはずではないか。

「大殿、それは……」

「約定を違《たが》える気か？」

具教はじっと重信の顔を見る。

「いかに仕官を好まぬと申しても、まさか手抜きはすまいな」

「……拙者も刀取る身なれば、そのような真似は、決して」

「ならばよい」

具教は満足そうにうなずいた。

そこに、一人の女官が入ってきた。

「失礼いたします」

捧げ持つ三方《さんぽう》の上には、錦の小袋。

「当座の支度金《したくきん》だ。受け取るがよい」

「要《い》りませぬ」

重信は即答した。受け取れるはずが無いではないか。

が、今の重信は金が要る。新之助に借りた路銀を、返さなくてはならなかった。

弟子として引き続き面倒を見るのであれば、好意に甘えてしまって良いのかも知れない。しかし、具教が催す御前試合に勝ち残れば、否応なしに北畠家に仕えなければならぬのだ。気の毒だが、新之助との約束は反故《ほご》にせざるを得なかった。

「どうなさいました？　さ、お取りください」

煩悶《はんもん》する重信を見やり、女官が控えめに声をかけてきた。華やかな布地を幾重《いくえ》にも重ねた、小袿《こうちぎ》が目にまぶしい、その袖口からは、焚きしめられた香の匂いがかぐわしく漂ってくる。張りつめた緊張を優しくほぐしてくれる、そんな芳香であった。

「あ、有り難く、頂戴《ちょうだい》仕《つかまつ》ります」

重信は立ち上がり、差し出された袋を受け取る。

妙齢《みょうれい》の女官は丁寧に頭を下げ、しずしずと立ち去っていく。いかにも都人らしい、名門の出と思われる女官であった。

(美しい女《ひと》だ)

場違いな感想を抱いたとたん、重信は赤面した。

七

「起きなされ」

両肩をゆさぶられ、新之助は目を覚ました。

目の前に、見覚えのある老番士がしゃがんでいる。どうやら番所の前に座り込んだまま待ちくたびれ、居眠りを決め込んでしまったらしい。見れば、目の前には日除けのヨシズが立てかけてある。道理でよく眠れたはずだ。

「ご主人がお帰りですぞ」

「ありがとう。世話になったね」

老門番に永楽銭を握らせて、新之助は番所を後にした。

「先生っ」

駆け寄ってみれば、重信はひどく疲れた顔をしている。

「……ああ、おぬしか」

「ご苦労様です」

「うん……」

返ってくるのは、生返事ばかりであった。

「ずっとお待ちしていたのに、ずいぶんとつれないじゃありませんか」

新之助は大仰《おおぎょう》に顔をしかめて見せる。

しかし重信は取り合うことなく、黙々と歩みを進めるばかり。心ここにあらずの体《てい》だった。

多芸御所を後にした二人は、霧山城下に足を踏み入れた。

もともと人々の往来が絶えない土地である。昔日ほどの賑わいは見られぬものの、城を臨む各所には宿屋や遊女屋も数多い。

陽は、早くも西に沈みつつある。

重信と新之助はとりあえず、手近な木賃宿《きちんやど》で草鞋《わらじ》を脱いだ。

新之助は途中で調達した、玄米の袋と大根漬けをぶら提《さ》げている。

「すぐ夕餉《ゆうげ》にしますか、先生？」

「頼む」

短く答え、重信は板の間に長々と体を伸ばす。新之助は刀を置くと、米袋を片手に階段を降りていった。階下には泊り客が自炊をするための、かまどと鍋が備え付けてある。

遠ざかっていく足音を聞きながら、重信は懐に手を伸ばした。

錦織の小袋を取り出す。多芸御所で渡された支度金だ。

三分の二ほど袋に戻し、残りを手ぬぐいに包みながら、ひとりごちる。

「これだけあれば、十分だろう」

どことなく、後ろめたい声だった。

新之助が炊いた飯は、まあまあの出来だった。漬物と、重信が持っていた焼き味噌をおかずに、黙々と箸を使う。

先に食べ終えた新之助はしゃもじを握り、鍋底の焦げ付きを剝がし始めた。懐紙《かいし》に包んでおいて、乾飯代りに携行《けいこう》するのだ。

「私は、いらん。ぜんぶ持っていけ」

「え？」

突然の言葉に、新之助は戸惑いの色を浮かべる。

「兵法者を目指すのならば、金と食い物の備えは十分にいたせ。志半ばにして行き倒れになりたくなくば……な」

「どういうことですか」

啞然《あぜん》とするばかりの新之助に、重信はぼそりと告げた。

「おぬしの面倒を見ることができなくなった、許せ」

重信は傍らの土瓶《どびん》を取り、縁の欠けた茶碗に白湯《さゆ》を注ぐ。什器はすべて、宿に備え付けのものである。

茶碗を置くと、重信は錦織の小袋を取り出した。硬い表情を作っている新之助の前に、ずいと押しやる。

「これを納めてくれ」

新之助は、黙って見返す。

「昨日からの借りだ。向後《こうご》は無縁と心得てもらおう」

それだけ告げると、重信はごろりと横になった。

「……先生」

「何だ」

「失礼します！」

新之助は立ち上がった。

怒りながらも金の袋は忘れない。

何事も上手くいかねば食い下がらず、早々に見切りをつける。これもまた、若さの特権なのだろう。

「許せよ」

荒い足音を遠くに聞きながら、重信は一言つぶやく。黒目がちの瞳を閉じ、程なく眠りに落ちた。

第三章　二刀流の強者《つわもの》

一

そして、夜が明けた。

重信が多芸御所を再び訪れたのは、辰《たつ》の刻（午前八時）を過ぎた頃。

あれから大急ぎで準備を進めたのだろう。昨日まで雑草が生い茂っていた庭は刈り込まれ、でこぼこしていた地面はきれいに整地されている。招いた兵法者たちが安心して試合うことができるように、具教が配慮したに違いなかった。

これが合戦場《かっせんば》であれば、足許がどうの、地形がどうのと、ごたくを並べる余裕などは無い。いかなる状況の下であろうとも、兵法者には臨機応変に戦うことが求められるからだ。足許がぬかるんでいたからうっかり首を取られました、とは言えまい。

が、今は平時である。地に居て乱を忘れず、切磋琢磨《せっさたくま》するために、兵法者同士が技を競う試合となれば、催す側には最大限に環境を整えておく義務がある。余計なことに左右されず、技を振るわせるためだ。

試合う兵法者たちにしても、合戦場に臨む折の如く神経を尖らせることなく、安心して修練の成果を披露できるのは有難い。

(同じ命のやり取りをするのなら、やはり試合のほうが良い)

率直な感想を抱きながら、重信は広い庭を見やった。

さすがに、荒れ果てた庭の隅々まで手を入れるのは難しかったらしい。整地が済んでいるのは、およそ五間(約九メートル)四方の間だけだった。

限定された、ただ剣を交えるためだけに用意された空間。矢弾が飛び交う合戦場と違って、目の前の相手と技を競うことにのみ、集中することが可能な戦いの場だ。

このような場を与えられた以上、全力を尽さなくては、兵法者たる甲斐《かい》が無い。

「控えの間《ま》の支度は済んだのか?」

「木太刀《きだち》の数が足りておらぬぞ!」

この試合のために駆り出されたと見えて、きちんと肩衣を着けた十数人の侍が忙しく走り回っていた。普段から具教の側近くに仕えている、北畠家の家臣たちだろう。

「もし」

試合用の木刀をひとまとめに抱え、せわしない顔で庭を横切っていく家臣の一人を重信は呼び止めた。

「何だ」

寝不足らしく、赤い目をした家臣は不機嫌な声で応じた。

「大殿の招きを受けた林崎にござる。支度を整えたいのだが」

「ちと早すぎるな。まだ控えの間には入れぬぞ」

年若い家臣の対応は素っ気無かった。いつになったら着替えをさせてもらるのかさえ教えてはくれない。

敬愛する主君の具教が命じたこととはいえ、たかだか牢人ひとりを召し抱えるためにわざわざ御前試合を催すというのが、面白くないのだろう。武芸好みが身上の北畠武士も、兵法者には誰彼なく愛想が良いというものでは無いと見える。

諸国を往来する兵法者の多くは主家を持たぬ、一介の牢人にすぎない。そして、主持ちの侍が牢人に対して取る態度など、本来はこんなものだ。

「雑作《ぞうさ》をかけ申した」

丁寧に頭を下げると、重信は庭から出て行った。

門前の番所ならば軒先を借り、しばし座禅を組んでいても追い払われることはあるまい。

二

その頃――。

多芸御所の主殿に、ひとりの兵法者が招かれていた。

今日の試合に出場する者らしい。赤銅色《しゃくどういろ》に日焼けした長身は、なめし革のように引き締まった筋肉で被われている。

黒々と伸びた髪は頭の後ろで無造作に束ねられ、茶筅《ちゃせん》にまとめられている。

鍛錬された五体からは若々しい雰囲気が匂い立っていたが、面長の顔には幾筋もの深い皺《しわ》が刻まれている。見た目よりも、実は年配なのかも知れない。三十そこそこにも見えるし、とっくに四十を越えているようでもあった。

黙念と目を閉じて、その兵法者は座禅を組んでいた。

庭からは準備を急ぐ家臣たちの立てる物音が、絶え間なく聞こえてくる。

が、兵法者の顔は平静そのもの。縦にすっきり開いた鼻孔からは、呼吸が漏れている気配がまったく感じられない。かなりの禅の修業を積んでいる証しだった。

と、兵法者の目が開く。

組んでいた長い足を解き、板の間に平伏する。

入ってきたのは北畠具教だった。

「大儀《たいぎ》である」

ぼそりと一言告げ、具教は上座に着く。

「苦しゅうない面《おもて》を上げよ」

具教の言葉を受けて、兵法者は上体を起こした。

そして、おもむろに言上する。

「ご用向きを、お聞かせいただこう」

礼に適《かな》った物腰に似ず、横柄《おうへい》な物言いである。

しかし、具教の表情は変わらなかった。

「そのほう宮本無二斎《みやもとむにさい》であったな」

「いかにも」

「おぬしの評判は聞いておる。本日は存分に腕を振るうがよかろうぞ」

激励しながらも、具教は解《げ》せぬ面持ちだった。

すでに無二斎とは三日前、多芸御所に着到《ちゃくとう》したその日のうちに挨拶を交わしてある。直前になって話がしたいと持ちかけられ、何のつもりなのか測りかねていた。

そんな具教の態度を構うことなく、無二斎は告げてきた。

「大殿におかれましては、それがしが、何故にこたびのお誘いを受けたのか、ご存じですかな」

「いや、分からぬ」

この男、一体どういう了見なのか。具教には、見当も付かなかった。

構わずに無二斎は言葉を続けた。

「それがしは己を満足させてくれる相手を求めて、伊勢まで罷り越し申しました」

「満足させてくれる相手とな」

「お分かりになりませぬかな」

つぶやく無二斎の声からは、軽い失望が感じられた。

「それがしの如く浪々の身となれば、思うように歯応えのある相手と剣を交える折がありませぬ。端金《はしたがね》で雇われて出向いた合戦場で、雑兵どもの首をはねるぐらいが関の山でしてな」

「……………」

「武名《ぶめい》も高き北畠の大殿が催される御前試合とあれば、それなりに腕自慢の者たちが集まり申そう。拙者の当理流《とうりりゅう》と五分に渡り合える強者も、あるいは……ま、亡き足利義輝《よしてる》公や弟君の義昭公の御前試合ほどには、名の聞こえた者が参っておるとは最初《はな》から期待しておりませんがな」

「無礼者っ」

具教は怒声を浴びせた。

「恐れながら、ご無礼なのは大殿でございましょう」

動じることなく、無二斎は懐から金貨を一枚取り出した。

蛭藻金《ひるもきん》と呼ばれる、黄金を平たく打ち伸ばした小判である。

「このような胡乱《うろん》な代物《しろもの》を使いに持たせ、試合に乗じて刺客の任を果たせなどと命じなさるとは、剣豪大名ともあろう御方にしては少々軽率ではございませぬかな」

苦笑まじりに告げながら、無二斎は蛭藻金を構える。

「！」

具教はとっさに腰を浮かせた。

何も上座に向かって投じた訳ではない。軽く頭上に放り上げた無二斎は、間を置くことなく片膝立ちになり、右腰に差していた異形《いぎょう》の得物《えもの》を一閃させたのだ。

小刀でも鎧通《よろいどお》しでもなかった。一尺ほどの棒身に鉄鉤《てつかぎ》を装着した、見慣れぬ形である。先端に鋭い鑓穂《やりほ》があり、ぎらりと鈍い光を放っていた。

その得物を無二斎が振るった刹那、純度の高い蛭藻金が両断された。弾いたのではない。ただ一撃で、すっぱりと斬り割ったのだ。

「拙者を本気で雇うおつもりなら、せめて十枚はご用意いただかねば困りますぞ」

「……………」

具教は言葉を失っていた。

「ご案じ召さるな。何もお断りするとは申しておらぬ」

鷹揚《おうよう》にうなずき、無二斎は元の位置に得物を戻す。

「抜刀の術とは面白い。林崎甚助重信が一命、必ずや試合の場にて断ち申そう」

具教を見返して告げる口調も、落ち着いたものだった。

宮本無二斎なる兵法者の名は『平田氏系図《ひらた》』に見出される。

父の平田将監《しょうげん》譲りの剣術と十手術《じってじゅつ》に優れ、若年《じゃくねん》の頃は父親の主家である新免伊賀守《しんめんいがのかみ》宗貫《むねちか》より与えられた新免姓を名乗っていたが、後に美作国《みまさかのくに》吉野郡《よしのごおり》宮本村へ移り住み、宮本無二斎と号した。

かつて播磨国三木《はりまのくにみき》の武将、別所長治《べっしょながはる》の許で主持ち侍の暮らしをしていたが、何を思ったか浪々の身となって、宮本村の郷士《ごうし》として日々を送っていた。

郷士とは、半士半農の侍のことを指す。常日頃は野良仕事に精を出し、土地の武将から合戦への出陣を要請する陣触れが届けば、鎧具足《よろいぐそく》に身を固め、城中に馳《は》せ参じる立場であった。

郷士にも二種類あって、甲冑《かっちゅう》と武具を一揃い所有している者を一領具足《いちりょうぐそく》、自前の馬まで飼っている者を一領一匹と呼ぶ。

馬を持たぬ無二斎は一領具足の徒歩武者として合戦場に赴くのが常だったが、幾度となく出陣しながら、必ず生きて帰ってきた。

いかなる負け戦であっても、矢傷ひとつ負わずに生還するのは運の強さもあればこそ。

だが、幾ら生き長らえても手柄を立てる機会に恵まれなければ、出世は望めない。無二斎はこの十年来、一領具足の郷士としての日常を繰り返すばかりだった。

が、すでに無二斎には兵法者としての功名が有った。京八流の流れを汲む吉岡流《よしおかりゅう》剣術の宗家として足利十五代将軍の義昭公の下で兵法師範《しはん》を務め、京洛に「扶桑第一《ふそうだいいち》兵術者《ひょうじゅつしゃ》」とその名の聞こえた吉岡憲法《けんぽう》を、義昭の御前での三本勝負で見事に打ち破って以来、無二斎の許には高禄《こうろく》で召し抱えようと勧誘する諸国の武将からの使者、さらには手練《てだれ》の妙技の教えを乞わんとする兵法修行の者の来訪が跡を絶たない。

にもかかわらず無二斎は村を捨てて仕官するでもなく、野良仕事の合間に気が向けば、折よく訪ねてきた修行者に一手指南してやるぐらいのもので、兵法者としての立身出世に向けて動き出す気配は、まるで無かった。

かくも無欲な在野の兵法者が何故、遠い伊勢までやって来たのか。本当に言葉通り、ただ、強い相手を求めてきただけなのか。真意を知る者は、誰もいない。

どこまで本音を言っているのか定かではないが、無二斎の腕が立つのは事実。

剣術と十手術を並び修めた強者に、重信はいかに立ち向かうのか。

対決は刻一刻と迫りつつあった。

三

御前試合は、巳《み》の刻（午前十時）に始まった。

勝ち残った者は高禄で北畠具教に召し抱えられるとの噂を聞きつけ、あるいは無二斎の如く招きを受けて集まった牢人は十五名。重信を加えて、計十六名になる。

具教の希望で、試合はすべて一本勝負と定められた。決勝戦に残るためには三人を倒さなければならなかった。

重信は、あくまでも勝ち続けるつもりでいる。もとより、主持ち侍に戻る気など有りはしない。にもかかわらず、重信はこの場に現れた。墨染の着衣に白い革襷《かわだすき》を掛け、最初の試合に臨もうとしている。

今はただ、目の前の試合のことしか頭に無い。周囲の思惑がどうであれ、ひとたび戦う場を用意された以上は逃げない、避けない。それが兵法者としての、宿命なのである。

北畠家の小者が運んできた木刀を受け取り、軽く素振りをする。

試合場では、一番目の組み合わせの者たちが礼を交わしていた。重信の試合は三番目だ。

出番を待つ列に加わり、居合膝《いあいひざ》になる。陣地で具足を着けている場合には、普通にあぐらをかこうとすると草摺と臑当《すねあて》が邪魔になる。そこで右膝を立て、折り敷いた左足のかかとに腰を下ろすのだが、この体勢を居合膝というのである。

一見すると不自由そうだが、殿中《でんちゅう》よりも陣地にいる折のほうが多い牢人たちには馴染みの深い座り方だった。しかし、決して快適ではない。いっそ正座のほうが楽と言っていいだろう。

「む」

重信はおもむろに立ち上がった。

長いこと座禅を組んでいたので、脚が少しばかり痺《しび》れたようだ。

脚を十分に伸ばしながら、ふと思う。

(これが合戦場ならば、すぐさま打って出なくてはなるまい。俺もまだ甘いな……)

そんなことを思ったとたん、重信の表情が強張った。

遠い記憶の彼方で、誰かが呼んでいる。

忘れたくても忘れられない業火《ごうか》の中で耳にした、あの声だった。

三年前の合戦場で、重信が主君から命じられたのは、野営中の敵陣に対する夜襲の指揮だった。

だが意を決して斬り込みをかけたものの、いち早く危険を察知した敵の主《おも》だった武将はすでに撤収した後であった。

異変を知らされず酒盛りに興じていた足軽の一隊を腹立ちまぎれに惨殺《ざんさつ》し始めた兵たちを、重信は指揮官として止めるべきだったのだろう。

しかし、気がつけば自らも、悲鳴を上げて逃げ惑う丸腰の弱者を、大太刀で斬って回っていた。

「地獄……」

「地獄じゃ……」

血を吐くような呻《うめ》きに交じって、巻き添えにした馬のいななきも聞こえてくる。死に恐怖する者たちの、断末魔の声だった。

（やめろ、やめてくれ！）

思わず、重信は両耳を塞《ふさ》ごうとした。

そこに聞き覚えのある声が届いた。

「林崎甚助重信、出ませい」

屈託の無い、朗々とした美声。北畠具教のものだった。

どうやら、直々に検分役を買って出るつもりらしい。

重信は試合の場に進み出る。

兄弟子の前で、不様《ぶざま》な姿は晒せまい。その心は、すでに澄み渡っていた。

四

重信は、試合場の中央に立った。相手は、がっしりした体格の中年男だった。身の丈こそ重信と二寸（約六センチ）ほどしか違わないが、固太りの質《たち》と見えて下腹が大きく迫《せ》り出しており足は短い。

実はこういう相手こそ、試合となれば手強いものだ。

両足の踏ん張りが強く、足場を定めて打ち込む力は常人とは比較にならない。下手に間合いへ踏み込めば、即座に上段からの一刀で脳天を割られてしまうことだろう。

「はじめい」

具教の合図に応じて、両者は木刀を構えた。

いや、重信だけは構えを取っていなかった。木刀を左腰に取ったまま、対する相手との間合いを詰めていく。

「うぬっ」

相手は力強く地を蹴った。苛立っていればこそ、動きは素早い。

が、それよりも重信が一瞬速かった。相手が動き出した瞬間に足を止め、すかさず木刀を抜き打ったのだ。

電光石火の抜き打ちが左の胴を抜いた。

崩れ落ちる相手を油断なく見据えながら、重伸は木刀を元に戻す。

「一本、勝負あり！」

具教の検分で、勝敗は決した。小者たちに運び出されていく相手を見送り、重信は試合場に一礼すると踵を返す。

次の出番が来るまで、小休止を取るのだろう。それとも、また座禅を組むのか。

「居合ってこそ、真価を発揮する守りの剣か」

黙々と試合場を後にする重信の背中を見やりながら、北畠具教はひとりごちた。

「……平常心を以《もっ》てすれば、あの者は当代最強やも知れぬ」

その秀麗な横顔を、冷たい汗が伝い落ちていった。

五

北畠家は、武勇を以て鳴らす家柄である。かつて霧山の城下に滞在し、幾多の北畠武士を鍛えた塚原卜伝の新当流剣術、そして京の都に古来より伝わる吉岡流や鞍馬《くらま》流《りゅう》などを修めた猛者《もさ》が数多い。

　試合の検分役を仰《おお》せつけようと思えば、適任の者は数えきれぬほどいるはずだ。

　しかし、

「出るには及ばぬぞ」

　と具教が自ら名乗りを挙げた以上口を挟める者は誰一人としていなかった。

　国司として、そして乱世を迎えてからは戦国大名として、伊勢国を代々治めてきた北畠家の歴代当主の中でも、具教ほど剣名の高い者は皆無《かいむ》である。

　武将としての誉《ほま》れに限って言えば、南北朝の争乱の渦中で高師直《こうのもろなお》が率いる大軍に敗れ去り、わずか二十騎の手勢ともども壮絶な戦死を遂げた、北畠顕家《あきいえ》のほうが遥かに高いかも知れない。

　しかし、錬り上げた打物の技を誇る兵法者としての力量は、紛れもなく具教こそが唯一無二、歴代最強と信じられている。

　故に家臣たちは逆らわない。逆らえるはずがない。

　北畠家の先々代当主である以前に一人の兵法者として、家中の誰もが具教を畏怖《いふ》して止まずにいたのだ。

　それにしても、腑《ふ》に落ちないことである。

（何故に大殿は、この者の試合だけをお裁きなさるのか？）

家臣たちは皆、一様に首を傾げていた。

最初も、二度目もそうだった。ある男の出番が来たときだけ、具教は検分役を買って出ていたからであった。

「林崎甚助重信？」

「聞かぬ名だ」

「大殿のご存じ寄りの御方だろうか」

「いや……我が勢《ぜい》の動きを見張るために送り込まれた織田の手の者やも知れぬぞ」

居並ぶ家臣たちは、ひそひそと囁き合う。

判で捺《お》したかのように、左胴への抜き付けの一刀のみで勝負を制し続ける腕前は見事としか言い様がなかった。これほどの手練ならば、武芸好みの北畠の家中に評判が聞こえて来ないはずはない。

しかし、重信の名前を知っている者は、誰もいなかった。

「ふん、北畠武士が聞いて呆れるわ」

当惑する一同を冷ややかに笑う男がいた。

宮本無二斎である。すでに準決勝へと駒を進めていた。

切れ長の双眸《そうぼう》は、先刻から試合場に注がれている。

当然だろう。この試合を制した者が、次なる相手となるのだ。

照り付ける陽光で土が乾き、早くも砂埃が舞い始めた試合場では、重信が槍の使い手と木刀を交えている。事故を防ぐため穂先に濡紙が巻かれた素槍《すやり》を振るっているのは、最初の対戦相手がそのまま大きくなったような、大兵肥満の荒武者だった。

「勝ち昇って参れよ、林崎……」

戦いぶりを見守りながら、無二斎はつぶやく。

大男の槍術は恐るべきものだった。

「ヤッ」

気合いも鋭く、しゃっと長柄が繰り出される。

ただ力任せに突くだけではない。中段に構えた槍を一直線に突き出してかわされても、すかさず霞上段《かすみじょうだん》に構え直して今度は振り向きざまに喉を狙う。

ひとつひとつの攻撃が、確かな修練に裏打ちされている。その上、常人離れした巨体の重量に裏付けられた、破壊力まで加わるのだ。

全体重を乗せた刺突は鋭く重い。槍穂に巻かれた紙など気休めにすぎず、まともに食らえば十中八九、死は免れないだろう。

が、戦う重信に臆している様子はまるで無かった。

上下左右、さらには前後から矢継ぎ早に殺到する槍の動きを見切り、最小限の足さばきでくるくると体勢を入れ替えながら、執拗な攻撃をかわし続けている。

無骨な顔には、汗の玉ひとつ浮いてはいない。

対する大男は汗みどろ。突きかかる度に舞い上がる土埃を浴び、巌のような顔がまだらになっている。目に見えて呼吸も荒い。自分では変わらぬ勢いで攻め続けているつもりでも、体力が損われつつあるのは明らかだった。

「思うていたより早かったな……」

一同が固唾を飲んで見守る中、宮本無二斎は一人で冷静だった。淡々とつぶやく声を聞いている者は、誰もいない。

「そろそろ操《く》り出しが鈍《にぶ》うなる頃合ぞ」

言葉通り、大男の動きが遅くなってきた。しゃにむに槍を突き出しても、手許へと引き戻す動きが、傍目《はため》にものろく映る。槍術の基本中の基本である、操り出しさえも満足にできなくなっているのだ。

「今だ」

無二斎がつぶやくのと、重信が木刀を一閃させたのは同時だった。

したたかに左脇腹を打たれ、大男はもんどりうって転倒する。

御前試合だからとよそ行きの技にこだわり、合戦場における常套《じょうとう》手段である柄の叩き込みをやらなかったのが、最大の敗因だった。

「それまで！」

具教の判定が下り、息詰まる戦いは終わった。巨体をひくひくさせている大男に一礼し、重信は試合場を後にする。

「………」

見送る具教は言葉も無い。期待に違《たが》う結果に、また落胆しているのだった。

「期待通り、楽しませてくれるじゃないか」

無二斎の片頬に笑みが浮かぶ。

「義輝公の上覧試合で新田《にった》一郎《いちろう》を倒した手の内、いよいよ磨きがかかったな」

淡々としながらも、抑えきれぬ興奮がにじみ出ていた。実は重信のことを、すでに見知っていたのである。

小用に立っていた北畠家の家臣が二人、その横を何げなく通り過ぎようとした。

「気味の悪い奴だな、妙な笑い方をしおって」

聞こえよがしに言ったのを、連れが慌ててたしなめる。

「あれは宮本無二斎ぞ」

「天下の吉岡憲法殿を下した、あの化け物か！」

二人は、急ぎ足で遠ざかっていく。顔面が蒼白になっていた。

六

準決勝最初の試合は、わずか一太刀で決まった。勝利者は東雲角馬《しののめかくま》と名乗る、まだ若い牢人だった。

「大殿に申し上げたき儀がございます」

小太刀の木刀を携えた角馬は、開口一番こう切り出した。

「無礼者、控えよ」

具教に代って検分役を勤めていた家臣が、すかさず制止しようとする。

ところが、壇上に戻っていた具教は、

「よいよい」

とくだけた口調で応じた。

具教は名家の誇りが高い一方、相手が兵法に通じた者であれば立場を忘れ、百年の知己《ちき》の如く接する癖がある。同好の士が大好きなのだ。

ただし相応の技量の持ち主と認めた者でない限り、鼻も引っかけない。分《ぶん》をわきまえさせる点においては、厳格すぎるほど徹底していた。もちろん準決勝を制した強豪となれば、いきおい目尻も下がろうというものだ。

検分役の家臣を下がらせると、具教はにこやかに角馬に告げた。

「望みあらば、申せ」

「よろしいのですか」

念を押す声は、どこか繊細な響きを持っていた。

顔立ちが優美だからこそ、余計にそう思えるのだろう。色白の肌はきめ細かく、唇は紅を刷《は》いたように赤い。病持ちではない証拠に、二の腕の筋肉はたくましく盛り上がっている。美しい面と頑健な体付きの違和感がまた、たまらない。衆道《しゅうどう》の相手に選ぶのならば、この上なく望ましい若者に違いなかった。

「苦しゅうない。何なりと、叶えてつかわす」

答える具教の目が、傍目にも分かるほど、しっとりと潤んでいた。

「ありがたき幸せ。さればお願い申し上げまする」

上目遣いに具教を見返しながら、角馬はさらりと告げた。

「今すぐに拙者をお召し抱えいただきとう存じます」

「何と?」

さすがの具教も、開いた口が塞がらない。同席の家臣たちは、言わずもがなだった。

新規召し抱えの人数は、一名のみと決まっている。すべての試合を勝ち抜いた者にだけ、与えられる報賞なのだ。

大胆すぎる発言だったが、不思議なことに、異を唱える者は誰もいなかった。

(ぜひ、家中にとどまって欲しい)

そう思わせて余りあるほどの実力を、角馬は備えていたのだ。

何合も激しく打ち合い、熱戦を展開した強豪たちの中でも、この若い牢人が遣う小太刀の技は、ひときわ異彩を放っていた。

相手と一合《いちごう》たりとも木刀を合わせず、負けじと力押しに攻めかかれば、一瞬速く小手を打つ。中段から突きを見舞えば、かわすと同時に喉を狙った返し突きで昏倒させる。

泰然自若《たいぜんじじゃく》とした試合運びで、東雲角馬はたちまちのうちに腕自慢の猛者三名を打ち倒し、やすやすと決勝戦に駒を進めていた。大言壮語をするに足る、実力の持ち主と認めなくてはならなかった。

「いかがですかな」

重ねて問う角馬に、具教は答えた。

「相分かった。そのほうの望み叶えてつかわそう」


一方の試合場では、次の準決勝で試合う二人が静かに向き合っていた。

具教と角馬のやり取りは、この二人の耳にも届いている。

林崎甚助重信。

宮本無二斎。

いずれ劣らぬ兵法者たちは、声を潜めて会話を続けた。

無二斎が言った。

「たとえ勝ち残っても、北畠家に仕えることは叶わぬらしいぞ」

重信は問い返す。

「ならば、試合うのを止《や》めるか」

「そうもいくまい。他の連中は知らぬが、それがしはただ試合うことにしか、興をそそられぬのでな」

淡々とした口調だったが、無二斎の目に気負いは無かった。

「褒美《ほうび》なしでも構わぬのか、宮本氏《うじ》」

「おぬしと戦《たたこ》うて制したならば、この上なき褒美になるであろうよ」

「物好きなのだな、貴公は」

「余人のことは申せまい」

「されば、我らは同類か」

「そういうことだな」

会話はそこまでだった。角馬の仕官を家臣たちに計り、あっけなく同意を得た具教が、検分役として試合場に戻ってきたのだ。重信の試合だけは、最後まで見届けたい。これもまた、剣豪大名の偽らざる本音なのだろう。

（権勢の座に着かば人は皆、傲慢になるらしい……）

ほんの一瞬だけ、重信はそう思ったが、すぐに雑念を払った。

余計なことを考えながら戦えるほど、宮本無二斎は生易しい相手では無い。それは、兵法者としての直感だった。

七

「はじめい」

具教の声を合図に、二人の男は木刀を構えた。

奇妙なことに、無二斎は小太刀の木刀を右腰に差している。真剣、および隠し武器の類《たぐい》の使用が厳禁とされる御前試合であるが、立ち合いに使える木刀の数は特に定められていない。それにしても右手指《めてざ》しよろしく、右腰に小太刀を帯びて試合に臨むとは、いかなる所存なのか。

最初の試合も、二度目の試合も、無二斎は一振りの木刀のみで勝負を決めている。それがなぜ、重信との戦いに限って、二刀を用意したのであろうか。

検分役の具教が見咎《みとが》めれば、いずれか一刀を捨てざるを得なかったはずだが、こうして何事もなく試合開始を命じられた以上、今さら拒む訳にもいかない。

試合場を取り巻く北畠の家臣たちは、口々に囁き合った。

「無二斎め、日下開山天下無双《ひのもとかいざんてんかむそう》を名乗っておるそうな」

「義昭公の、お墨付きだというぞ」

家臣たちの目は、無二斎に集中している。足利将軍家の兵法師範として京の都で名を馳《は》せた吉岡流宗家の吉岡憲法から三本勝負で二本を取り、十五代将軍の義昭公より『日下無双兵術者』の号を与えられた評判は、この伊勢にまで聞こえていた。

兵法者にとって、京の都は鹿島・香取《かとり》と並ぶ聖地。その京において評判を取ったとなれば、注目を集めるのも自然なことだった。

「それにしても、無二斎は何故に小太刀を帯びておるのか」

「もしや、二刀を使うのではあるまいか」

「まさか！　左様な技は聞いたことがない」

北畠武士たちは、しきりに首をひねっている。

「林崎に勝ちは有ると思うか？」

「あの者の抜き打ちは、速いぞ」

「しかし、相手は無二斎だ」

「いや、無名と申せど林崎もなかなか強い……」

「この勝負、長引きそうだの」

好き勝手な品定めが続く中、重信と無二斎は、互いに時を待っていた。

勝負は一瞬で決まるはず。

(思うところは同じだな)

木刀を中段に構えたまま微動だにしない無二斎と対峙《たいじ》しながら、重信は悟った。

相手の攻撃をかわすと同時に抜き打った初太刀で倒す戦法を、無二斎はすでに把握しているはずだ。

重信相手の勝負は、攻めかかるほど不利になる。

ならば、守りに徹すれば良い、攻め込まない限り、重信が自分から仕掛けてくることはないからだ。

だからこそ無二斎は先手を打ち、先に守りを固めたのだ。不用意に攻め込んで反撃される愚《ぐ》を犯すつもりはないのだろう。

(長引くほど、こちらも不利になる……いっそ先に仕掛けるか)

ところが続く無二斎の動きは、思いがけないものだった。

右腰に帯びていた小太刀を、おもむろに抜き放ったのだ。

「二刀流……!」

右手に木刀。

左手に小太刀。

重信は度胆を抜かれた。居合わせた者が誰一人、見たことの無い構えであった。

試合場に漂う緊張感が、一気に膨れ上がった。検分役の具教の顔に、たちまち汗が流れ始める。具教もまた、動揺を隠せずにいるのだ。諸国の兵法者と技を競い、剣豪大名と呼ばれるに至った鉄人でさえ、このような刀法が存在するとは知らなかったのである。

攻めるための技か。それとも、防御か。

（動けぬ）

重信は、その場で釘付けになっていた。

無二斎の構えには一分の隙も無い。両腕を体の側面から前方にゆっくり移動させていき、中段に取る。左右の手に在る両刀の剣尖は、触れ合わんばかりに近い。攻めてくるのか。それとも、このまま守りに徹するのか。次にどう出るのかが、まったく読めなかった。依然として、重信は動くに動けない。

一方の無二斎は、じりじりと前進してくる。両刀を体の前面に突き出し、一歩また一歩と間合いを詰めてくる無二斎の体捌きは、流れるように自然なものだった。

もちろん即興で取った構えでは無い。どれほどの年月を費やして完成させたのかは分からないが、この二刀流を無二斎が完全に我が物としているのは、紛れもない事実である。

無二斎が一歩、前へ進む。同時に、重信が後退する。

程なく、二人は試合場の外に出た。両者とも、まったく気づいていない。攻守双方の足の動きは、いずれも無意識の為せる業であった。

「大殿、いかがいたしまするかっ」

「大殿！」

試合場の四隅に配置された家臣たちが、切迫した表情で具教を見やる。

「続けさせよ」

即答した具教の心は、決まっていた。

「皆、控えておれ」

一声命じるや、具教は試合場を後にした。

五間四方の空間で決着をつけるには、無二斎は手強すぎる。かくなる上は成りゆきに任せるしかあるまい。たとえ自分が試合っても、きっと重信と同様に下がり続け、勝機を探るだろうと具教は思った。

騒然と見送る一同の中に、一人だけ薄笑いを浮かべる者がいた。

「馬鹿馬鹿しい。見返りなき勝負に、よく入れ込めるものだ」

東雲角馬は、赤い唇を皮肉に歪める。

「どちらが勝っても、預かり知ったことではないがな……」

八

息詰まる時が流れた。

無二斎が迫る。

重信が下がる。

そして、具教が追う。

多芸御所の庭は広い。整地された試合場を出て、雑草が生い茂ったままの草むらを抜け、重信と無二斎はまるで申し合わせたかのように、直線上を移動していく。

「………」

「………」

無二斎が構えた二刀の剣尖は、先刻から寸分の動きも見せていない。

木刀といえども両手に一振りずつ構えたままでいれば、手は痺れる。

だが無二斎の表情からはいささかの疲れも感じ取れない。目の前の相手に、全神経を集中させているのだ。

この二刀の構え、無二斎にとっては、別に奇を衒《てら》ったものでも何でもない。十手術においては、至極《しごく》当然の戦法なのである。

戦国時代の初期、天文《てんぶん》年間から永禄の終わりにかけて明《みん》国から伝えられた捕物術《とりものじゅつ》において、左手にも別の打物、つまり打撃具を構える戦法は珍しくなかった。

日の本の各地に根付いた捕物術にいち早く取り入れられた、鼻捻《はなねじ》などはその典型と言えるだろう。古代より暴れ馬の鼻孔《びこう》に文字通り捻り込み、大人しくさせるのに用いられてきた鼻捻は捕具《とりぐ》として転用するのに申し分なかった。

かくして、右手に構えた十手を振るうのと同時に、左手には鼻捻を初めとする補助武器を携える、中国古来の双子刀剣術《そうしとうけんじゅつ》にも似た戦法は、日の本独自の捕物術として発達を遂げたのである。

天文元年（一五三二）に、いち早く明の捕物の技法を取り入れた竹内流《たけのうちりゅう》を修めた後、無二斎が編み出した当理流十手術は、手槍と十手を兼ねた特殊武器の技を基本とする流派であった。捕物よりも実戦の技としての色合いが強く、最初から相手を殺傷するのが目的の当理流の十手術は正道とは言いがたいかも知れない。だが無二斎が捕物本来の技術を余さず吸収しているのは、この二刀の構えから見ても明らかだった。

左右の手に得物を構えれば、隙は無い。

相手を着実に追い込んで制するのに、これほど確実な戦法は無いだろう。

（取り込まれる）

重信は必死で耐えていた。触れ合わんばかりに近付けた剣尖を見ていると、意識が遠のきそうになる。兵法者として磨き上げた無二斎の力量が、すぐ目の前の二刀を通じて伝わって来るような、そんな威圧感に押されていたのだ。これでは後退し続ける以外に、為す術が無い。

しかし、もはや下がることはできない。

この多芸御所は四方を築地塀《ついじべい》に囲まれている。木骨土造《もっこつつちぞう》の塀には定規筋《すじ》が五本、彫られていた。

北畠家がかつて伊勢に芽吹かせた貴族文化の名残りであり、今は見る影も無く朽ち果てた栄華の遺構が、重信にとって命取りとなりつつあった。

もはや、後が無い。

退く重信の歩幅が、見る見るうちに狭まってきた。

無二斎の歩みは依然として変わらない。

遠間《とうま》から成りゆきを見守りながら、具教は思った。

（不用意に仕掛ければ、無二斎の負けだ）

素人目《しろうとめ》にはひたすら追い込まれているようにしか見えない重信だが、勝負どころを決して見逃さぬはず。逆転する余地は、まだ残っているに違いない。

具教は知っていた。

昨日、具教と立ち会った重信は常人離れした跳躍力で、即座に間合いを詰める戦法を取った。相手が同等、あるいはそれ以上の実力を有している場合、戦いは長引くほど不利になる。結果として敗れはしたものの、重信が一気加勢に攻め込んだのは正解だったのだ。

全盛期の塚原卜伝が得意とした、速攻の剣を重信は我が物としている。それでいて槍使いの大男を撃破した二回戦の如く防御一辺倒に徹し、力に任せて攻め続けた相手が疲れ果てるのを待った上で、勝負を決める術も心得ているのだ。

ただ一度だけ試合ったにすぎないが、数多い卜伝門下の弟弟子たちの中でも、重信が卓越した力量を備えているのは間違いなかった。

なればこそ卜伝は「唯受一人」として具教にのみ伝授した秘剣『一の太刀』を、この若き兵法者にも没する前に授けずにはいられなかったのだろう。

しかし、今度ばかりは相手が強すぎるかも知れない。

無二斎は当年四十五歳。ひと回り以上も違う重信に匹敵する体力は、すでに無い。

だが体力の差を埋めて余りあるだけの経験を、無二斎は積んでいる。

あの二刀流は剣術と十手術の手練《てだれ》として、幾多の真剣勝負を勝ち抜いてきた経験が生んだ技法に他ならない。

大小の二刀を同時に、自在に駆使することさえ出来れば、世の兵法者が求めて止まない、攻防一致が現実のものとなる。

攻めると同時に防ぎ、守ると同時に攻める。攻防一致の技さえ会得すれば、もはや敵は無いだろう。

(しかと見させてもらうぞ、無二斎)

この試合は、具教にとっても千載一遇《せんざいいちぐう》の好機となるはずであった。

義昭公のお墨付きを得たにもかかわらず、上泉伊勢守の新陰流一門を初めとする他流派が台頭する中で世に埋もれ、金銭にも興味を示さぬ孤高の強者が、何故に伊勢までやって来たのか。

その真意は定かでないが、これだけは断言できる。

無二斎は重信に対し、二刀流という未知の技を見せようとしている。並々ならぬ力量を見抜き、奥の手でなければ制することができないと確信したからこそ、敢えて二刀を手にしたのだ。

しかし東雲角馬を家臣に取り立てると決めてしまった以上、たとえ無二斎が勝ちを収めても仕官させてやるわけにはいかない。勝敗の如何《いかん》を問わず、自分の足で歩いて帰ることの叶う状態であれば、試合を終えた無二斎は即座に、霧山城下を去るだろう。

そうなれば、二刀流の技を見る機会は失われる。

織田信長と再び一触即発の状況を迎えつつある今、もはや具教に残されている時間は少ない。もとより一国の宰相とて、いつ命を落とすか分からぬのが乱世の定めだ。

この好機を逃すわけにはいかない。家臣たちを遠ざけ、具教が一人だけで無二斎の秘剣を見取ろうと考えたのも当然だった。

(余人に知られてなるものか)

具教が傲慢とは、決して言えまい。

秘剣は限られた者にのみ伝えられるからこそ、価値がある。

重信が自分と同様に卜伝から『一の太刀』を伝授されたと知ったとき、具教は憤りを覚えずにはいられなかった。自分よりも年若い者が、門外不出の秘剣を伝えられて我が物にしている。これは、耐えがたい屈辱だった。

具教が重信に御前試合に出ることを所望したのは、無二斎と試合えば必ずや致命傷を負って死に果てると見込んだからだった。恐るべき妬心《としん》である。

（無二斎、頼むぞ）

見返りにつかませた黄金を叩き返してきた無二斎が、自ら進んで重信の命を奪うとは考えにくい。

しかし、具教は先刻より承知していた。

重信と無二斎ほどの手練の者同士が試合えば、たとえ真剣を使わない勝負であっても、敗れれば十中八九、死に至る。下手に手加減などすれば、自分が致命傷を負わされてしまうからだ。

果たして、無二斎は二刀まで持ち出した。

本来ならば隠しておきたかったであろう秘剣まで使わなくては勝てぬ相手と、兵法者の本能で判断したのだ。

間もなく無二斎は二刀を振るい、その威力を見せてくれることだろう。

そして重信は命を落とすか、二度と刀を握れない身に成り果てる。

（見逃さぬぞ）

秘剣を見取る一期一会《いちごいちえ》の機会と、憎むべき同門の最期とが同時に訪れる幸運に具教は感謝した。

九

「これまでだな」

無二斎の態度に、相手を侮る様子は皆無《かいむ》だった。むしろ敬服の念すら感じられる。

「よくぞ一手も仕掛けずに耐え抜いたの」

「…………」

重信に、返す言葉は無い。

この試合が始まってから、どれほどの時が過ぎたのだろうか。

左腰に携えた白樫《しらかし》の木刀が、ずしりと重く感じられる。肉体よりも精神が限界に達しつつあった。すでに塀の間際まで追い詰められている。もはや半歩ずつでも後退するのは叶わぬ有り様だった。

「さ、打って参れ」

無二斎はおもむろに歩みを止めた。

「おぬしの本気、そろそろ見せてもらおうか」

「……拙者は、いつでも本気だ」

重信は、相手を正面から見返した。黒目がちの瞳に、激しい闘志が燃えている。

「ならば、どこからでも来い！」

対する無二斎も、一声吠えた。

生涯において、めったに巡り合うことのできない相手と激突し、存分に腕を振るうことができるのだ。鍛え抜かれた五体に歓喜が満ち、目は爛爛《らんらん》と輝いていた。

応じて、重信は木刀の柄に手を掛けた。

左腰に携えた姿勢のままで一歩、前に踏み出す。

抜き付けの初太刀で左胴を打つ、前の二試合で用いたのと同じ戦法だ。

「見くびったか、うぬ！」

咆哮《ほうこう》しながら、無二斎は左手の小太刀を打ち下ろす。

次の瞬間、重信の木刀が弾き返された。

続く胸元への突きをかわすことが出来たのは、重信の跳躍力が優れていたからにすぎない。

二間（約三・六メートル）ほど離れた砂地に降り立ち、重信は向き直った。

無二斎の木刀にかすめられた襟元《えりもと》がざっくり裂けている。まさに、紙一重だった。

具教は見守りながら、驚愕の表情を浮かべていた。

（ここまで二刀を等しく使いこなせるとは……な）

人間には、利き手というものがある。

利き手とは反対の手に同等の働きを期待するのは、甚だ難しい。

しかし、無二斎はごく当たり前のように、左手で自然に小太刀を振るっているのだ。

まるで無理を感じさせないのは、長年の修練の成果ゆえに他ならない。兵法者たちが群雄割拠《ぐんゆうかっきょ》する戦国乱世に在って零落《れいらく》した身とはいえ、かつて足利将軍家が折り紙を付けた腕前は本物だった。

無二斎を召し抱えられなくなったのを、具教は悔やまずにはいられない。

（ともかく、林崎に勝ち目はあるまい）

具教は公正に事を判じていた。

重信は無二斎の突きを完全にはかわせなかったらしい。とっさに後方へ飛び退《の》いたため骨折だけは免れたようだ。

たとえ好んで殺すつもりはなくとも、無二斎ほどの手練が本気で木刀を振るえば次は間違いなく、重信は命を落とすだろう。

しかし、重信はまだ死ねない。精一杯の力を込め、両足を踏み締める。激痛が幾らか薄らいだような気がした。

取り落としかけた木刀を持ち直し、しっかりと左腰に携える。

対する無二斎もまた、大小の二刀を元の構えに戻していた。

「まだやるのか」

表情は険しいが、無二斎の声は柔らかい。負けを認めろ。そう言っているのだ。

重信の返答は、ひとつだった。

「命乞いをする気は無い」

「そうか」

同時に、無二斎は二条の閃光を走らせた。

(二刀を、一時に！)

具教は、またしても度胆を抜かれた。

冷静になって考えれば、驚くには当たらない。左右の手を等しく使うことさえできれば攻防一致だけでなく、攻撃のみに絞って二刀を振るう刀法も可能だからだ。

しかし傷を負った重信にとっては、厳しすぎる攻めだった。

上体を大きく躍らせて打ち込んできた無二斎の打撃を、どうやってかわしたのかは覚えていない。ただ夢中で体を反らせただけだったが、重信の小柄な体付きが幸いしたのだ。

大柄な無二斎の打撃は、自分と同等の体格の者が相手ならば、完璧に捉えることができただろう。一尺（約三〇センチ）近い二人の身長差が、一撃の下に打ち倒さんとした太刀筋に隙を生んだのである。

殺到する二刀の物打を辛うじてかわすや、重信は左腰に携えた木刀を一直線に突き出した。剣尖を向けたのではない。携えたままの状態で柄を前へと向けて、まっすぐに突き上げたのだ。

重信の木刀の柄頭《つかがしら》は、二刀を打ち下ろしたままの体勢でいた無二斎のみぞおちに深々と吸い込まれていた。

「やはり……本物だったな」

無二斎の端正な顔に、微笑みが浮かんだ。

崩れ落ちそうになりながらも踏みとどまり、傍らを見やる。

「ご検分を」

ただ一言だったが、失望と動揺とが入り交じった表情のまま立ち尽くしていた具教に我を取り戻させるには、十分すぎる程の迫力だった。

「い、一本」

具教の判定を聞き取ると、無二斎はすかさず言った。

「大殿に申し上げます」

「も、申せ」

返答する顔色が芳《かんば》しくないのも、無理からぬことだった。

重信が浅手を負っただけで生き残ったせいだけではない。自分に匹敵する強者と見込んだ無二斎が敗れ、凄絶な破壊力に鉄壁の防御を兼ね備えた二刀流に、土が付いたことが耐えられなかったのだ。

が、当の無二斎は晴々とした表情。

「されば、謹んでお願い申し上ぐる」

重傷を負った者とは思えない、力強い声だった。

「林崎殿を、どうかお召し抱えいただきたい」

「何じゃと……」

具教が愕然《がくぜん》とするのに構わず、無二斎は言葉を続けた。

「これほどの兵法者を見す見す手放されることは、御身《おんみ》のご見識にかかわる大事かと存じ上げます」

口上こそ丁重だったが、内容は辛辣《しんらつ》きわまりない。具教が重信を召し抱えずにこのまま放逐《ほうちく》すれば、北畠家の恥だというのだ。恐れ知らずの言い種《いぐさ》だが、確かに正解だった。

それに無二斎は、具教が画策したことを知っている。重信を始末させるべく、金子《きんす》を摑ませたと吹聴《ふいちょう》されては元も子も無い。南朝に連なる北畠家の、そして剣豪大名の名誉は、何としても守らなくてはならなかった。

「……相分かった。聞き届けてつかわす」

「有り難き幸せに存じます」

我がことのように礼を述べた無二斎は、足許に木刀と小太刀を並べ置く。

さっぱりとした顔で向き直ると、そこにはただ、茫然《ぼうぜん》と立ちつくす重信がいた。

「おぬしには負けたよ」

真摯《しんし》な想いが込められた、無二斎の惜別の言葉だった。

「何を目指すにしても、若い時には主持ちとして禄を食《は》むのも悪くはないぞ」

黙ったまま、深く頭を下げる重信に笑いかけながら、

「もう一回だ」

と、無二斎は指を立てて見せる。

気負っている様子はない。むろん、若僧と侮っている態度などは皆無だった。

「儂が老い衰えた折には、息子と試合ってもらおう」

「ご子息がおられるのですか？」

重信は真面目に問い返す。

「これから先、作ることもあるだろうからの」

豪快に笑い飛ばし、無二斎は背を向けた。

宮本無二斎、四十五歳。全力を出しきっての敗北に、悔いはなかった。

第四章　三十路《みそじ》の恋

一

翌朝、林崎重信は多芸御所の中庭に立っていた。

通いの見習い家臣として、北畠の家に仕えた初日の朝だった。

中庭といえば聞こえはいいが、不規則に連なって建ち並ぶ御殿の合間にある、わずかな空間にすぎない。長らく放置されているだけに生い茂る雑草も夥《おびただ》しく、よほど注意しながら足を運ばないと、転んでしまいかねなかった。

(刈ってくれるように、頼んでおけば良かった)

何しろ、これから剣の手解《てほど》きをする相手は、そういう配慮を要する人物なのだ。

案内を済ませた老番士は、早々に詰め所へ戻ってしまっている。

仕方が無いので手ずから草をむしり、土を踏みならす。腫れた胸板が、わずかに痛んだ。

半刻（約一時間）ほども経っただろうか。

すっかり整地が終わった頃、奥から北畠具教が現れた。

作業の手を止めた重信は、すかさず平伏する。

具教は黙ってうなずくと、背後に控える若い武士に向かって、

「具房」

と呼びかけた。

「木刀を持って参れ。師匠にもご用意いたすのだ」

「父上ぇ」

具房と呼ばれた若い武士は、明らかに気乗りのしない様子である。口の中に何やら頬張ったままで喋っているかのような、耳障りな声だった。

「言われた通りにせい」

「……………」

不承不承、具房は一礼して歩き去る。庭で平伏している重信に対しては、視線を向けようともしなかった。

（あれが、北畠家の馬鹿殿か）

噂には聞いていたが、対面するのは初めてのことだった。

北畠具房、二十六歳。織田家との養子縁組に伴い、伊勢九代国司の座から放逐《ほうちく》された具教の長男である。茶筅丸改め北畠具豊は立場上、この具房の義弟なのだ。

（それにしても、面妖《めんよう》な）

具房の異相ぶりは、風聞以上だった。でっぷりと肥えていて、目が細い。身の丈は長身の具教とあまり変わらないが、横幅が広いうえに足は短い。

息子を下がらせた具教は、

「面《おもて》を上げい」

と呼ばわり、庭に降り立った。

「見ての通りの出来損ないだが、異存は無いな」

「はい」

重信は応じた。そう答える他に、為す術などあるまい。

「委細は構わぬ。すべて、貴公に任せよう」

「仰せの通りに」

「何なら打ち殺してもらっても、構わんぞ」

「……ご冗談を」

「そうでもないがな」

具教の表情に、ふざけている様子はなかった。

二

巽新之助は腐っていた。

重信は金に転んで、自分よりも北畠家への仕官を選んだ。そう思い込んでいる。

仕官の一件は、例の老番士から聞き込んだ。何でも御前試合に勝ち抜き、上位二名に数えられた褒賞《ほうしょう》らしい。役儀は、大殿の嫡子の剣術指南だという。

再び永楽銭十枚を与えたところ、ぐっとくだけた態度になった老番士は、必要以上のことまで吹聴《ふいちょう》してくれた。

「大きな声じゃあ言えないが、具房様は北畠家のお世継ぎにしちゃ、あまりにも出来が悪すぎてなあ」

「剣の腕も立たないのかい」

「そりゃあお前、織田との戦《いくさ》で討ち死にされなかったのが、不思議なぐらいよ」

「鷹がトンビを産んだようなもんだで」

軽輩にさえ、こんな陰口を叩かれる始末なのである。重信ほどの兵法者から指南を受ける価値があるとは、とても考えられない。

（ふざけやがって名門の家柄に尻尾を振ったか）

正に腹立たしい限りだった。

生まれ育った尾張の清洲《きよす》城下を出奔《しゅっぽん》し、堺で人足として暮らしていた新之助には、身分差の観念が薄い。新興の町衆《まちしゅう》たちが甍《いらか》を争う、自由都市の気風の中で成長した若者にとって、伊勢国司の座を織田家に奪われながらも旧態依然の権威にしがみつこうとする北畠父子は、愚か者としか思えない。

なればこそ、命じられるままに具房の剣術指南を引き受けた重信の保身ぶりが嘆かわしいのだ。

重信は名誉と金にたやすく転ぶ輩とは違う。生涯の師と仰ぎ、信じるに値する大物と見込んでいた。それだけに鮑《あわび》の片思いに終わった縁《えにし》が諦めきれず、裏切られたという思いもまた強い。

やはり兵法とは師を持たず、実戦を通じて磨き上げるべきものなのだろうか。

乱世に在《あ》って、戦国武将は熾烈《しれつ》な消耗戦を繰り広げている。直参の家臣だけで兵の数が足りるはずもない。故に領内の農民たちを合戦の度に駆り集めることで補ってきたのだが、もともと戦闘のいろはさえ知らず、おこぼれの乱取《らんど》り——すなわち戦地での略奪暴行にばかり熱中する、農民兵を主力に据えるのは弊害《へいがい》が多かった。

永禄三年（一五六〇）の桶狭間《おけはざま》の戦において、織田信長が清洲城内に常駐する傭兵《ようへい》部隊を大規模に投入した電撃作戦を敢行し、華々しい勝利を収めたことから、旧来の軍制では勝てないことが次第に明らかになってきてもいた。

この十年来、各地の大名は傭兵の採用に力を入れている。

（尾張に戻って、織田家に仕えるか）

新之助は思った。

見よう見まねで編成された他国の部隊に比べて、やはり織田家は群を抜いて統制が取れており、兵備も充実しているという。

しかし、それは出来ない相談だった。

「いけ図々しい……幾ら親不孝者でも、そうはいかんな」

新之助は自嘲した。もはや生まれ故郷に戻るつもりがない以上、異郷の空の下で生業《なりわい》を立てていく手段を考えなくてはなるまい。

「どうしたものかな……」

目下、新之助は、霧山城下の女郎屋に流連《いつづけ》を決め込んでいる。重信がよこした袋の中身は、思わぬ額だったからだ。

懐には金が十枚あまり。丈夫な馬が五頭は買える額である。

長逗留《ながとうりゅう》できる軍資金さえあれば、登楼《とうろう》したくなるのは男の性《さが》。

女を置く店ともなれば、木賃宿とは勝手が違う。金さえ払えれば、飯はもちろん酒も出す。

新之助は、金二枚を前払いしておいた。楼主には、無くなったところで打ち止めにしてくれと頼んである。金のことを案じながら遊ぶのは、好きではないのだ。

気前の良いところを見せながらも、

「酒を水で割るなよ」

と、注文するたびに釘を刺すのも忘れない。

女が、酒を運んできた。年の頃は、二十そこそことといったところか。

「お待たせ」

甘ったるい声を出しながら、あぐらをかいている新之助の膝の上に乗ってきた。

一度抱いたせいか、気を許しているようにも見える。しかし実際のところは、何事も玄人《くろうと》としての芝居であった。

こういう手練手管《てれんてくだ》を備えた玄人女のほうが新之助には好ましい。今日日《きょうび》の遊女は手弱女《たおやめ》に非《あら》ず、手強女《てごわめ》だ。だが、それでいいと新之助は思う。何であれ技を磨き上げればこそ、胸を張って玄人を名乗れるというものだ。

色っぽく迫られながらも新之助は嘆息せずにいられない。

何事も芸であり、技である。

芸さえあれば食うには困らぬし、充実した思いも得られることだろう。

何事かを成し遂げる喜びというものを、新之助は実感してみたいのだ。
五十、百になっても通用するだけの芸が、技が欲しい。身に付けたい。
迷える若者の、それは切実な願いだった。

三

指南を始めて三日が経った。

「さあ、木剣をお取りなされ」

重信の声は、あくまでも淡々としていた。

「どうなされた？　早《はよ》う」

目の前には、肥え太った男が這《は》いつくばっている。

北畠具教の一子、具房だ。

ただでさえ肥満した顔が、仏頂面《ぶっちょうづら》になっているので余計にふくれて見える。

初日に少々素振りをさせてみたところ、具房は成人と思えぬほど体力が欠けていた。

自力で歩行しようとすれば、一町《ちょう》（約一〇〇メートル）が限界である。馬に乗っても、せいぜい五町（約五〇〇メートル）しか耐えられない。もっとも、これは馬のほうが保《も》たないのであるが。

（よくも今まで、合戦場で死なずに済んだものだな）

重信は稽古を付けるたびに、そう思わずにはいられなかった。

（義元《よしもと》公のほうが、まだしも漢《おとこ》らしい）

重信は目を覆いたい気分だった。

永禄三年の桶狭間の戦において、時の駿河国《するがのくに》を束ねていた今川《いまがわ》義元は、満足に闘うことができないまま、みじめに死に恥を晒している。

足利尊氏《たかうじ》の流れを汲む北朝の名門の出という家名に溺れ、貴族趣味が高じたあげくに肥え太った義元は、愚かにも古色《こしょく》蒼然《そうぜん》とした大鎧を着けて合戦場に臨んだ。満足に動くこともできぬまま、織田の手勢に首級《しるし》を挙げられたのである。

それでも果敢に太刀を抜いて敵を切り払い、押さえ込もうとする指を食いちぎってまで抵抗したというから、大したものだ。

この男に同じ働きができるとは、とうてい思えなかった。

今日も手荒な真似をしたわけではない。元服前の武家の子弟ならば誰もが皆、それこそ十に満たない童子でさえ守《も》り役を相手にやっている、組太刀の手ほどきを試みただけだ。

それなのにわずか二合打ち合っただけでやる気をなくし、木刀を放り捨てて不貞腐《ふてくさ》れているのだ。

「……これ、重信」

具房は決して、重信のことを師匠や先生とは呼ばない。

「何でござるか、若殿」

「今日はもう、このぐらいにいたせ……な？」

上から物を言いながらも、どことなく媚《こ》びが感じられる。名門の御曹司《おんぞうし》としての自尊心が強い一方、己より強い者にはためらうことなく尻尾を振って見せる質なのだ。

立場上は義理の弟に当たる具豊にさえ、徹底して低姿勢で接するというのも具房ならではの処世術なのだろうが、甘い顔をするわけにはいくまい。

「なりませぬぞ。まだ小半刻（約三〇分）も経ってはおりませぬ故……」

「よいのだ！　もう」

皆まで言わせず、具房は縁側に上っていく。足許に転がった木刀など、見ようともしない。

重信は黙ってしゃがみ、自らが打ち落とした木刀に手を伸ばす。

と、重信に呼びかける声が聞こえた。

「情けないな、おぬし。それでも兵法者か？」

声の主は渡り廊下に立っていた。東雲角馬である。

「家中の誰もが匙《さじ》を投げたお役目を押し付けられるとは、とんだ道化者よ」

重信は昂然と顔を上げた。

「何用か。用向きがあれば、さっさと申すがよい」

「では、遠慮なく」

角馬は赤い唇をひと嘗《な》めすると、不敵な笑みを浮かべて言った。

「賭けてもいいが、あんな馬鹿殿を幾ら鍛えても、ものにはならんぞ」

「無礼な」

「ふん、誰もが思うておることを言うたまでだ」

撫然と見返す重信に、角馬は正面から言い放つ。具教にとって掌中《しょうちゅう》の珠《たま》とは呼べぬにせよ、仮にも主人の子息を馬鹿呼ばわりとは。どうやらこの男、ずけずけとした物言いが身上らしい。

重信は黙ったまま、二本の木刀を束ねて持つ。

「どうした、逃げるのか」

思った以上に、角馬は執拗だった。

「木剣があるのなら、ちょうど良い」

「どういうことだ」

「勝負をしようと言うておるのさ」

「何……」

重信は相手の目を注視した。角馬の双眸《そうぼう》には、凶暴な光が宿っていた。

(こやつ、正気か)

うつけ者でなければ、よほどの自信があるのだろう。

「さて、どうする?」

「私闘はいたさぬ。お互い新参の身なれば、自重すべきぞ」

畳みかける角馬に、重信は努《つと》めて慎重に返答した。

相手の技量は、先日の御前試合で承知の上だ。宮本無二斎の進言を受け、具教は一名きりと定めていた新規お召し抱えの人数を増やした上で共に仕官させたのだった。

本来ならば二人を試合わせ、定員に絞り込むべきであった。

亡き師の塚原卜伝から秘剣『一の太刀』を伝授されている自分のことを具教が忌《い》み嫌い、無二斎に倒されることを密かに願っていたとは、重信には知る由《よし》も無い。

具教は兄弟子としての温情から、二人が共倒れになることを恐れて試合をさせなかったのだと重信は思っている。

北畠家への仕官話などもとより乗り気ではなかったが、いさぎよく敗北を認めたばかりか推挙までしてくれた無二斎の好意を無にしてはなるまいと、気持ちが傾いたのである。

与えられた役目が物の役にも立たない御曹子の剣術指南というのは少々遺憾《いかん》だったが、しばらくの間は耐えねばなるまい。

具教も、苦しい立場なのだ。

反信長派の頭目に据えられて、着々と反撃の準備を進めつつある具教としては腕の立つ手駒を一人でも多く、手許に確保しておきたいのだろう。

臣下に加わった以上、反りの合わない者とも上手くやっていかねばなるまい――。

しかし重信は人が良すぎた。肝胆《かんたん》を披《ひら》いて意気に感じてくれる者と、そうではない輩との見分けが齢《よわい》三十一にして、まだ付かないのだ。

果たして東雲角馬は、後者の典型であった。

「過日は、残念なことをしたな」

「何と」

「みすみす試合える機会を逸《いっ》して、残念だというのさ」

「その言い種《ぐさ》、大殿に無礼であろう」

「知ったことか」

鼻で笑って、角馬は言葉を続ける。

「お手前の大太刀と、拙者の小太刀。さて、どちらが速いかな?」

自信に満ち溢れた態度だった。

「度胸があれば、いつでも挑んで参るがいい」

重信の沈黙を臆した証拠と受け取ったのか、角馬はそう言い残すと高笑いしながら立ち去った。

(さて、どうしたものかな)

昼下がりの縁側で、重信は考え込んでいた。

あれっきり、具房は奥に引きこもったまま出てこない。そもそも真面目に剣を学ぶつもりなど、有りはしないのだろう。

いつも朝だけは仕方なく顔を見せ、重信を相手に組太刀を試みるのだが、せいぜい半刻（約一時間）も保《も》てば良いほうだ。基礎体力がないのだから止むを得ぬのかも知れないが、ならば尚のこと稽古に励んでもらわなければ、上達など望むべくもない。

恵まれすぎた環境は、人間を駄目にする。

むろん具房とて、望んで北畠一門の御曹司に生まれたわけではないのだろう。それでも、ひとたび世継ぎの責任を背負った以上はいさぎよく腹を決め、その立場にふさわしい男として自分を磨き上げる努力をしなくてはならなかったはずだ。

家臣を能《よ》くまとめ、領民を能く治めることができなくては、人の上になど立ち得《え》るものではない。

具房が陰口を叩かれているのも、思えば当たり前のことだった。

木刀一振り満足に扱《あつか》えず、馬にさえ乗れない。体力に欠けている分、軍学の才能に恵まれているというわけでもない。一国の頂点に立つ戦国大名の子とは思えぬ出来損ないであった。

　重信の聞き及ぶ限り、この戦国乱世に生きる武将たちの一族で、己の責任と立場を自覚できずにいる者など皆無である。まさか武勇と風流とを兼ね備えた名門の北畠一族に、これほど不出来の御曹司がいたとは——。

（哀れなものだな）

　重信は思った。あれでは家臣と領民の信頼を勝ち得ず、敵国から迎えられた婿養子に人気を奪われるのも致し方あるまい。

　当の具房に真面目に剣技を修めようという気がない以上、このまま指南を続けても意味を見出すことはできそうにない。

（弱ったな）

　自問自答していると、目蓋《まぶた》が重くなってきた。

　多気の里は、霧山城の裏手に位置する盆地に在る。

　盆地の夏は厳しい。風通しよく造られている多芸御所でさえ、動かずにいると蒸し暑く感じられてしまう。

　この熱気の中で眠気を覚えたのは、心に鬱屈《うっくつ》を抱えているからに相違なかった。

（これしきのことでくじけて何とするのか。若造でもあるまいに）

夢の中へと逃避したい感情に抗《あらが》いながらも、重信は思わずにいられない。

（俺は、ここに居《い》るべきなのか……）

己が必要とされない環境に身を置くほど、気詰まりなことはない。新之助のことを見捨ててしまったのが、今更ながら悔まれる。無鉄砲きわまりない、あの愛すべき若者は今、どこでどうしているのだろう。

そんなことを思いながら、重信はいつしか眠りに落ちていった。

四

「……ですよ。重信……」

柔和な声色だった。他界した母に似ている。

病で果てる前の美しく元気だった頃の、溌剌《はつらつ》としていた母の姿と声を、重信は今も鮮明に思い出すことができる。遠い記憶の彼方から甦ってくるのはなぜか、幼き日のものばかりだった。

「重信！　木剣をお取りなさい」

「私たちに泣いておる暇はないのです」

「そのようなことで、父上の仇が討てますか⁉」

いずれも情け容赦《ようしゃ》なき、叱咤《しった》ばかりだった。思えば物心が付いて以来、重信は母に優しくしてもらった記憶がない。常に厳しく怖い存在。それが母の菅野であった。

なのに時として狂おしいほど愛おしく、面影を求めてしまうのはなぜなのか。

「はは……うえ」

重信は、自分の声で目を覚ました。

「お目覚めになりましたか？」

見覚えのある妙齢の女が、心配そうな顔で立っている。初めて多芸御所を訪れた折に出会った、御所付きの女官だった。

「こ、これは失礼」

慌てて上体を起こしかけた重信は、たちまち無骨な造作を赤らめた。

女官が身に着けていたのは、いつもの小袿《こうちぎ》と裳《も》では無い。生絹《すずし》の単《ひとえ》を一枚、素肌の上に羽織っているだけだった。黒く染めてはいても、限りなく透明に近い。まるみを帯びた両の乳房が、くっきりと透けて見えた。

女房装束は帯や紐の類《たぐい》を用いない。貴族の女性は生来のたしなみとして、常に装束の前を開かぬようにしているのだが、夏用の単に限っては、せっかくの慎みも役には立たない。下半身には緋《ひ》の下袴《したばかま》を履いていたが、これも悩ましいことこの上なく、黒い半透明の単を通して見える緋色は、重信の心を捕らえて放さなかった。

(見るな、見てはいかん)

そうは思っても、視線は釘付けになったまま。

「どうなされたのですか？」

女官は不思議そうに重信の顔を覗き込む。見上げる視線に気づいても、何も感じていないのだ。

「苦しそうに眠っておいででしたので、ついお声をおかけしましたが……どこかお悪いのですか」

「い、いえ」

やっとの思いで、重信は女体から目を逸らした。

女性《にょしょう》が単と下袴だけで過ごすのは、夏場の宮中においては別に珍しくもないことである。北畠家は先祖代々、貴族趣味を身上とする家柄だ。女官が暑さしのぎの常着《つねぎ》を含め、日頃から古式ゆかしい装いをしていても不思議ではなかった。

だからといって、しげしげと眺めて良いわけではない。

(俺は、痴れ者か)

そんな心の内など知る由も無く、女官は安堵した表情で呼びかけた。

「重信さま」

「は」

蚊が鳴くような、我ながら情けない声だった。

「よろしければ、一服なさいませぬか」

「かたじけない」

努《つと》めて平静を装いながら、重信は立ち上がる。

こういう折には、布地の厚い野袴は助かる。

(分からぬだろうな)

無邪気に盛り上がった股間を気にしながら、案内に従って奥へと向かう。

後ろからの眺めもまた、大いに悩ましいものだった。豊かな黒髪と単越しに透けて見える二の腕の白さとの対比が、何ともいえない。装束の前が開かないように背筋を伸ばしているので、背後から見ると尚のこと、均整の取れた肢体が際立つ。

(しっかりしろ、馬鹿者めが)

更に前かがみになりそうな己を叱咤しつつ、重信は歩みを進めた。

五

案内されたのは私室と思《おぼ》しき小座敷だった。貴族の生活様式を模した多芸御所も、家人《けにん》の部屋まで寝殿造そのままの広い間取りにするわけにはいかないようだ。

それでも粗末な板の間には薄縁《うすべり》を敷き、几帳《きちょう》を立てているあたりが、いかにも京都から招かれた都人の子女らしい。控えめに焚《た》かれた香が心地良かった。

「目が覚めますな」

出された抹茶を喫《きっ》しながら、重信はしみじみとつぶやいた。我ながら不思議なほど気持ちが和らいでいる。

対する女官もまた、風炉《ふろ》茶の作法を心得た男の態度に微笑で応えた。

「そういえば、お名前をまだうかがっておりませんでしたな」

「豊勢《とせ》と申します」

「お生まれは、やはり京ですか」

「はい」

答える声にも、屈託が無い。

「母が、三条《さんじょう》様のお屋敷に上がっておりましたもので」

「左大臣の？」

諸国の武将が虎視眈々《こしたんたん》と上洛の機を狙う中、三条家は時流の流れに精通した側近として代々の天皇に仕えてきた。とりわけ三条公頼《きんより》は、長女を室町幕府の管領《かんれい》である細《ほそ》川晴元《かわはるもと》、次女を武田信玄、三女を本願寺門主の顕如《けんにょ》にそれぞれ嫁がせ、時の権力者たちの懐柔《かいじゅう》に努《つと》めた傑物《けつぶつ》である。

「武田殿のご正室は、二年前にお亡くなりになったそうですな」

「存じております」

豊勢の表情が、ふと曇った。

「御方様は、母の乳姉妹《ちきょうだい》でした」

「ほほう」

重信は、驚きを禁じ得ない。父親の政略で、京を遠く離れた甲斐《かい》へと送られた三条夫人は信玄との間に三男二女を儲けたものの、脇腹の生まれである勝頼《かつより》が武田家の家督を相続したため、晩年は不遇だったという。

「母は最期まで、御方様を案じておりました。せめて一目、お会いしたかったと」

「……京には、長らくお戻りではないのですか」

「私《わたくし》、都《みやこ》のことは知りません」

思いがけない答えだった。

「赤子《あかご》の時に父母ともども、都落ちをしたのです」

「それで、北畠さまのお屋形に」

「ええ」

戦乱の世を迎えて久しい現在、豊勢のような子女の存在は珍しくはない。荒廃した京の都にしがみついて生きることに倦《う》み、財力と武力を兼ね備えた諸国の有力大名に庇護《ひご》を求める貴族は数多かった。北畠家の如く名門を自負する家では殊に、権威付けのために都から落ち延びた貴族を古来より、進んで迎え入れたものである。

しかし元亀三年の今は、往年ほど貴族が歓待される時代ではない。南朝以来の伝統を標榜する北畠家でさえも、完全に国司から武将に様変わりし、貴族趣味の面影が急速に薄れつつある。

多芸御所がまったく顧みられず、豊勢以外の女官を置いていないのも、合戦の役に立たない遺構の一部と見なされているが故なのだろう。

思えば気の毒な話である。いつ市街戦に巻き込まれるか分からない、京の都を脱出した親の判断は、当時としては正しかったのかも知れない。だが、生まれ故郷を遠く離れたまま、為すことも無く齢《とし》を重ねるばかりの豊勢にしてみれば、今の日常は何とも堪え難いものだった。

「都に、帰りとうございます」

豊勢の切れ長の瞳に、たちまち涙が湧き上がる。

抱き締めずにはいられない、切ない姿だった。

「豊勢どの」

重信はにじり寄り、単の衣の上から、そっと肩に触れた。

「……重信さま」

腕の中に飛び込んできたのは、豊勢が先だった。薄物越しに押し付けられる胸乳《むなぢ》の感触も、しっとりと柔らかな内腿の熱さも限りなく愛おしい。

「……そっと、してください」

恥ずかしそうに顔を背けたまま、豊勢は告げる。

応えて、重信は指を伸ばした。神々《こうごう》しいものに触れるような、厳《おごそ》かな手付きだった。

六

騒ぎが起こったのは、霧山城下の往来だった。

「何をするか、若僧！」

三十半ばと思《おぼ》しき侍は、一喝《いっかつ》すると同時に大刀を抜いた。血走った視線は、目の前の若者に向けられている。

「どうしようってんだい」

大柄な若者は、不敵に鼻で笑う。新之助だった。

新之助は、漆塗《うるしぬ》りの文箱《ふばこ》を小脇に抱えている。文箱には五葉木瓜の紋所が付いていた。織田家の家紋だ。それと承知の上で新之助は物陰から襲いかかり、奪い取ったのであろう。

仁王立ちになった新之助の足許には、侍の配下と思しき小者が二人、白目を剝いていた。

「大の男がこんなもんを後生大事に運ぶなんざ、見ちゃいられねえな」

伝法《でんぽう》な口調で告げながら、新之助は箱の蓋を開けた。

「無礼者っ」

侍が慌てて止めたが、もう遅い。取り出されたのは、春画《しゅんが》だった。

「……ったく、織田の若様も情けねえ。やりたい盛りの齢だってえのに、もう萎《な》えまらになっちまったのかい？」

放言を聞き付けて、人々が集まってくる。

「ほら、ほら」

男女の営みが描かれた秘画を、新之助は調子に乗って見せびらかした。

ひと抱えほどもある陽物をぶら下げた烏帽子《えぼし》の男が、これまた臼《うす》の如く巨大な陰門《ほと》の持ち主である、垂髪《たれがみ》の女とまぐわっている。男女の性器を誇張するのは平安の世から変わらない、伝統的な技法である。

興味津々で見入り始めた人々を煽《あお》るように、新之助は言葉を続けた。

「生身の女を相手にできず、こんな代物《しろもん》を欲しがるようじゃ、跡取りなんざ産まれるはずもねえやな。役立たずの婿養子は、とっとと尾張に帰《けえ》りやがれっ」

新之助の口舌《くぜつ》に応じて、人々は力強く拳を突き上げた。

「そうだ、そうだ！」

「もう騙されないぞ!!」

何も伊勢のすべての住人が、北畠具豊に期待している訳ではないのだ。暗愚《あんぐ》な具房よりも見目麗しい美童とはいえ、昨今の伊勢が置かれた状況を冷静に考えれば、北畠具豊が実の父である織田信長の走狗《そうく》に過ぎないのは明白だった。

伊勢近辺に駐屯兵を配置し、北畠家の動向を逐一監視するだけに限らず、尾張国内においては許されないであろう兵の横暴を、取り締まろうともしない。これを傀儡《かいらい》と呼ばずして、何としよう。

人々のざわめきは、次第に大きくなってきた。

「静まれ、静まらんか！」

激昂した侍は、刀を振り上げて威嚇《いかく》する。

騒ぎの元凶である己に対する注意が逸《そ》れたのを、新之助は見逃さなかった。

春画の束をぶわっと投げ付けると同時に、躍りかかる。

刀は抜かなかった。もともと、素手でやり合うほうが得意なのだ。

侍が向き直るよりも早く、刀を叩き落とす。手首をしたたかに打った次の瞬間には喉を目がけて、逆水平に手刀をぶち込んでいた。大柄で筋肉質なだけに衝撃は重い。

たちまち侍は崩れ落ちた。

「ざまみやがれ」

毒々しい春画が舞い散る中、新之助は大声で叫んだ。

「主持ち侍なんざ、糞喰《くそく》らえだ！」

が、いつまでも溜飲《りゅういん》を下げている余裕はない。知らせを聞いて駆け付けた一団の兵が見えてきた。霧山城下の駐屯兵たちだ。

まさか大河内《おかわち》城の具豊へ春画を運ぶ道中だったとは知るはずもあるまいが、信長の使いが城下を通過する途上で暴漢に襲撃されたとあっては面子《メンツ》が立たない。捕縛せずには捨て置くまい。

「若いの！　早いとこ逃げるんだ」

「織田の侍なんぞに捕まるんじゃないよっ」

人々の励ましを背に、新之助は走り出した。

軽装の小者が、いち早く殺到してくる。寄棒《よりぼう》で打ちかかるのをかわし、奪い取って振り回す。ひるんだところに棒を叩き付け、新之助は退路を求めて疾走した。

(主持ち侍なんざ、どいつもこいつも糞喰らえ)

必死で駆けながらも胸中には自分を見限った重信への、そして主家に仕える立場に安住する侍たちへの憎悪が渦巻いていた。

七

多芸御所を出た重信は、上機嫌な顔で往来を闊歩《かっぽ》していた。

日が長い夏の夕《ゆう》も、すでに暮れている。火照《ほて》りの失せない顔が薄暮《はくぼ》のおかげで目立たぬのが幸いだった。急に背が高くなった気分で、心が晴れ晴れとしていた。

『重信様……』

別れ際、事後の上気に顔を火照らせながら、豊勢は、そっと指を絡ませてきた。

重信は白く、たおやかな指に口づけしながら、

『明日、また必ず』

と優しく告げたものである。

具教は、豊勢に手を付けているわけではないという。

致し方なく置いている目的は伊勢における貴族文化の伝播者という北畠家代々の伝統と、多芸御所の体裁を保つこと。ただ、それだけなのであった。

『お屋形を出て、好《す》いた殿子《とのご》と一緒に暮らしたい。そう、ずっと念じておりました』

豊勢の言葉には、切実な想いが込められていた。飼い殺しにされてきた年月の長さ

は、もう若くはない女の造作に滲み出ている。両親が受けた恩義ゆえに否応なく、女として最も美しく咲き誇る時を、ずっと無為に費やしてきたのだ。

情を交わす相手も得られぬまま、慎み深く生きるしかなかった豊勢が重信にすがりついたのを、果たして誰が責められよう。

そのような女性に巡り合ったのも運命というべきか。少なくとも、同情で抱いたわけではない。自分にとって好もしい、愛しいと得心したからこそ、出会ってまだ二度目の仲と承知の上で、深く情を交わしたのだ。

『豊勢どの』

重信は白い手を握り返し、豊勢と約した。

『貴女の願い、きっと叶えましょうぞ』

いずれ織田勢との再戦が始まれば、貴族文化の伝承がどうのといった、体面を気にする余裕も無くなることだろう。連れ出すのは、それからでも遅くはない。今は二人の仲を深めていくことだけを考えるべきだった。

(どこに住み着いても、剣の修行は続けられる)

豊勢のためならば、どの家中に仕えても構わない。

重信は、そこまで決意を固めていた。

宵闇に、芳《かぐわ》しい香りが匂い立つ。豊勢が小袖に焚きしめていた香木の匂いだけではない。彼女の残り香のほうがむしろ濃厚に、甘く漂っているように感じられる。

何げなく、指先を嗅いでみた。

「………」

くすっと笑って、重信は視線を前に戻す。

夜目が利くので照明がなくても不自由はしない。定宿にしている木賃宿まで、あと三町（約三〇〇メートル）といったところだった。

心地よい疲労感が、五体に満ちている。早々に帰って飯を済ませ、床に就きたい。すでに、往来に人影は絶えている。夜が遅い城下町とはいえ、戌《いぬ》の刻（午後八時）ともなれば人々は疾《と》うに夕食を終え、就寝の支度を始めている頃合だった。

残念ながら豊勢と夜食まで一緒に摂《と》る余裕は無かった。宿の部屋に備え付けられた米びつには、新之助が調達してくれた玄米がまだ二、三日ぶんは残っているはずだ。

（新之助がいてくれれば、美味い飯を炊いてくれていたであろうに……）

重信は、あの若者を憎くて放逐したのではない。弟子として指南するならば、まるで見込みの無い具房よりも、新之助のほうが格段に期待できる。今から鍛えれば必ずや、兵法者として自立できることだろう。

が、重信はこうも思う。

(兵法者などを、あたら増やしても良いものか……)

重信は剣技を工夫し、修行を積むことには大いに興味があったが、何も人を斬るのが好きなわけでは無い。願わくば合戦場になど出ることなく、もっと前向きな仕事で日々の糧《かて》を得て、その余暇《よか》を剣の修行三昧《ざんまい》に費やしたいと願って止まない。

そのような生き方が果たして可能なのかどうか、今の重信には分からない。

三十路を迎えても尚、惑うているのだ。

迷える身に人を教えることなど、やはり、できるはずがない。

ともあれ、考えるのは空腹を満たしてからである。新之助が置いていった米は今日も間違いなく残っているはずだ。御前試合の評判が城下に流れているため、重信の留守に忍び込み、盗んでいく不心得者などいなかった。

(確か、焼き味噌もあったな)

懐を探り、重信はほっとした笑顔を浮かべた。いつ何時《なんどき》でもすぐに草鞋を履くことができるように、最低限の持ち物は常に身に付けている。具教から下された支度金の残りも、胴巻きにしっかりと納めてあった。

豊勢を連れ出すとなれば、もう少々稼いでおかねばなるまい。

「いっそのこと、剣も商売と割り切れれば、良いのだろうがな……」

苦笑する重信の耳に、何事か争う声が聞こえてきた。

「そこだ！」

「逃《のが》すな‼」

どうやら賊を追い込んでいるらしい。

簡易式の甲冑である腹巻《はらまき》を着けた侍たちは、手に手に籠提灯《かごちょうちん》を持って走り回っていた。提灯から流れ出る煙が長く尾を引き、往来にたなびく。笹の葉を芯に、松脂《まつやに》を固めた蠟燭《ろうそく》を用いていたのだ。

盛大に漂う煙に巻かれ、重信は思わず顔をしかめた。これでは愛しい女人の残り香が消えてしまう。

「何かあったのか」

目の前を走り抜けようとした小者をつかまえ、重信はすかさず問うた。

「織田の殿から下された大事な御品に無礼を働いた者を追っておるのだっ。それがどうした？」

横柄に答え、小者は足早に去った。

（北畠の手の者が、何か仕掛けたのであろうか……）

重信は漠然と思った。

続いて、重信と同年輩と思《おぼ》しき侍が走ってくるのに行き交った。

すれ違う瞬間、互いの袖が触れ合った。

侍は、上物の三河木綿で仕立てた小袖を着けている。重信の一張羅《いっちょうら》よりも、相当に値の張る品だ。捕物に出てきた面々の中でも、かなり身分が上の者らしい。

擦れ違う瞬間、かつんという音がした。

重信は、思わず眉根《まゆね》をしかめながら、侍を呼び止めた。

「……待たれい」

低いが、怒気を帯びた声だった。

侍は、数歩行きかけたところで足を止めた。

「貴公、何者か」

血走った目で振り返り、侍は怪訝《けげん》そうに誰何《すいか》する、動じることなく重信は返答した。

「北畠の大殿の命《めい》で、具房さまの剣術指南を勤める者だ」

「ほほう、そのなりでか」

侍は、馬鹿にしたような口ぶりだった。五尺（約一五〇センチ）どまりの小柄な体軀をしている重信は一見、兵法者とは思えない。それでいて三尺二寸三分（約九六・

九センチ）もの大太刀を差しているので、よけいに道化者めいて見えるのだ、

「鞘を当てておいて、一言の詫《わ》びも無いのか」

「そのように馬鹿長い刀を差しているから、邪魔になるのだ。早々に立ち去れ」

このような物言いをされては、重信ならずとも勘に触る。

「無礼であろう」

「逆らうのか？」

気色《けしき》ばんだ侍は、素早く身構えた。腰を低く構え、柄に手を掛ける。

どうやら抜刀の心得があるらしい。

「我らは滝川一益様《たきがわかずます》にお仕えする身じゃ。織田の殿のご意向を承り、この伊勢を平定するために遣わされた我らに逆らうとは、身の程知らずめー」

居丈高《いたけだか》に叫ぶと、侍はすかさず鯉口を切った。

「北畠の田舎侍など、物の数ではないわ!!」

重信の視線が、ふと険しくなった。

「……拙者は、侍ではない」

「何だと」

訳の分からぬ物言いに、滝川家の侍は戸惑いの色を浮かべる。

その瞬間だった。

「主持ち侍ではないっ！」

刹那、重信は大太刀を抜き上げた。

鞘まで払ったわけではない。左腰に帯びたまま、相手の下顎《したあご》を柄頭で突き上げたのだ。一気呵成《いっきかせい》の技に、侍は抜刀する間もなく昏倒した。

地べたに転がりながら、侍は顎をひくひくさせている。喋るに喋れないのだ。

「これからは、人を見た目で判じぬことだ……」

淡々と告げても答えはない。侍の顔の下半分は、血と涙にまみれていた。顔面に激痛を与えられると自然に涙が溢れ出る。堪えようとしても、どうにもならないのだ。

（やりすぎたな）

重信は、手ぬぐいを一枚取り出した。

有り合わせの麻布を適当に断った、手製の品だ。

倒れたままの侍に手ぬぐいを握らせ、重信は踵《きびす》を返す。

その左袖に、すがりつく者がいた。

「……何者か」

誰何するより速く鯉口を切り、右手を大太刀の長柄《ながつか》に走らせる。

「俺です、先生！」

「新之助……」

重信の全身から、一気に力が抜ける。久方ぶりに聞く、懐かしい声だった。

第五章　佐々木小次郎再び

一

「追われていたのは、おぬしだったか」

さすがの重信も、驚いた顔で言った。

「面目《めんぼく》ありません」

新之助は、申し訳なさそうに頭を下げる。

「今のやり取り、見させていただきました」

「……そうか」

重信は、横を向く。幾分、照れくさそうにも見えた。

「主持ち侍になられたわけじゃなかったんですね」

「ああ」

「そうですか」

新之助は、心から嬉しそうに笑った。

「おぬし、織田家の者を相手に、何をやらかしたのだ」

「いえね、ちょいとした悪戯《いたずら》で……」

得意気な笑顔を浮かべながら、新之助はさらに話を続けようとした。

その瞬間、重信はとっさに新之助を地面に引き倒した。今まで立っていた位置――往来の店の板壁に、数本の矢が激しく突き立つ。

二人は慌てて、裏路地に逃げ込んだ。裏路地の暗がりには、莚《むしろ》張りの粗末な掛け小屋が、互いにもたれ合うようにして軒を争っている。個人営業で春をひさぐ女たちの根城であった。

今宵もあちこちで激しい一戦が繰り広げられているらしい。所狭しと密集する掛け小屋の中からは切れ切れに嬌声《きょうせい》が漏れ聞こえてくる。何とも淫靡《いんび》な一帯だが、この裏路地に紛れ込めば、すぐに見付かる恐れはあるまい。

「おぬし、まさか殺しでも働いたか」

「と、とんでもねぇ」

新之助は、激しくかぶりを振った。

「それにしても、この攻めは尋常では無いぞ」

「俺はただ、織田の若様が京の都から道鏡絵《どうきょうえ》を取り寄せてるって聞いたんで、分捕って往来にばらまいただけですよ」

「道鏡絵？」

「これでさ」

怪訝《けげん》そうな顔で問う重信に、新之助は懐《ふところ》から一枚の画仙紙を取り出した。

「……なるほど」

受け取った重信は、とたんに渋い顔になる。

「明かりも無しに、見えるんですかい」

「随分と、毒々しいものだな」

「でしょ？」

辺り一帯に嬌声が流れる中で眺めてみると、それは実に卑猥《ひわい》な画だった。

夫婦和合のために描かれる、品のいいものとはまるで違う。

となれば、取り寄せた目的は自ずと察しが付く。

（こんな代物《しろもの》で皮つむりをいたる者の、気が知れんな）

十代半ばで妻女を娶《めと》っても、夜の営みなどすぐに上手《うま》くいくものではない。自慰《じい》に走るのは致し方のないことだったが、いかにも悪趣味すぎた。

が、今は事の是非《ぜひ》を論じているどころではない。道鏡絵を新之助に返し、重信は冷静な口調で言った。

「具豊の好みが美童に似合わぬものだということは、良く分かった。しかし、いかにおぬしのせいで体面を汚されたからといって、たったそれだけのことで多勢の追っ手を差し向けるとは思えぬ。この隙に北畠勢に攻められれば、ひとたまりもあるまいぞ」

「もしかしたら、北畠家のご家来衆も混じってるんじゃないですか、先生」

新之助の言ったことは事実であった。二人を包囲しつつあるのは、具豊の家臣たちだけではなかったのだ。

「林崎甚助重信！　聞こえるか」

表通りから、大声で呼ばわる声がする。

「……東雲角馬か」

「御前試合で、一番になった奴ですかい？」

「気をつけろ」

重信は、低くつぶやいた。

「尋常ならざる小太刀の使い手だ」

「は、はいっ」

闇の中で、生唾を飲み込む音がした。

二

城下町は城の安全を守るために存在する。路地が複雑に入り組み、各所で屈折しているのも、侵入した敵を撹乱《かくらん》するための防禦線《ぼうぎょせん》であるからに他ならない。

さほど複雑ではない霧山城下の路地も、城の防禦線であるのは同じこと。それが今、重信と新之助にとって、命取りになりつつあった。

「林崎、もはや逃げられぬぞ！」

投降を促す東雲角馬の声は、絶対の自信に満ちていた。

手近の掛け小屋の陰に身を潜め、ふたりは表路地の様子をうかがう。籠提灯の明かりが闇の中にぽつぽつと浮かんでいるのが見える。同時に、籠提灯からたなびく煙の量も確実に増えつつあった。裏路地に出入りする道をすべて塞ぎ、退路を断った上で獲物を狩り出す腹づもりなのだ。

いつか、周囲は濃い闇に包まれていた。捕方が照明の数を減らしたのだ。

「聞こえるか、林崎。大人しゅうしておれよ」

声が次第に近くなってくる。包囲網は明らかに狭まりつつあった。

(そつが無いな)

重信は、東雲角馬の端整な顔を思い出した。色小姓めいた外見とは裏腹に、あの男、陣頭での指揮にも長《た》けているらしい。

(甘く見ていたかも知れぬ)

それにしても、どうして角馬が陣頭に立ち、捕方の指揮を執《と》っているのか。それが一番の疑問であった。

傍らでは、新之助が不安そうな表情を浮かべている。

「どうしましょう、先生」

「好きに喚《わめ》かせておけ」

草鞋の紐を締め直している重信の態度は、いつもと同じ、冷静なものだった。

「でも……」

新之助が震えているのが、夜の冷気を通じて伝わってくる。確かに山里は寒暖の差が激しい。だが、この胴震いは寒さのせいだけではあるまい。

突然、重信は上体をかがめたまま開いた掌を突き出した。何のためらいもなく、新之助の一物《いちもつ》をわしづかみにした。

「先生っ⁉」

「やはりな」

体を起こしながら手を離し、重信は静かに言った。

「金玉が縮み上がっていては、刀は満足に使えんぞ」

新之助はあんぐりと口を開けたまま、重信を見た。

「このぐらい斬り抜けられぬようでは、弟子とは認めぬ。よいな？」

「はい」

新之助は、こくりと頷く。まだ恐怖の色は残っていたが、度胸を決めた顔だった。

力強く頷き返すと、重信は左腰に差した大太刀を、鞘ぐるみのまま抜き取った。

いかなる窮地に置かれた場合も、限られた時の中で、可能な限り下準備を怠ってはならない。むろん、刀に関しても同じことである。

それに倣《なら》って、新之助も大刀を抜く。見たところ、長さは二尺三寸（約六九センチ）。重ねが厚く、平地《ひらじ》も肉厚で、棟《むね》は丸みを帯びている。一見すると鈍重な印象を与えられるが、裏を返せば、徹底した実戦志向の造り込みということだ。重信の大太刀に比べると小ぶりだが、合戦場でも十分に通用する、頑丈きわまりない剛刀だった。

「良い刀だな。何処《いずこ》にて分捕った？」

「違いますよ、先生」

新之助は、即座に否定する。

「国を出る時、幼なじみの甲冑師から餞別《せんべつ》にもらったんでさ」

「ごく最近の作刀だな」

「同田貫と聞いておりやすが……」

「良い刀だ」

もう一度告げると、重信は大太刀の鯉口を切った。下から上に向けて、黒鞘を払う。

「目釘《めくぎ》は大丈夫か？」

「はい」

梨子地《なしじ》の鞘を膝に横たえ、新之助は念の入った視線を黒糸巻の柄に注いだ。

目釘とは刀身を柄に固定する、竹製の止め具のことをいう。いざ刀を遣おうという際はまず、最初に目釘を検《あらた》めるのが肝要だ。

「次は、寝刃《ねたば》を合わせよう」

すかさず、新之助は右腰に吊っていた革製の小袋に手を伸ばす。中から出てきたのは、携帯用の砥石《といし》だった。荒砥《あらと》と呼ばれる、研師が最も初期の段階で刀剣を研磨する折に用いる砥石を、持ち運びやすいように小さく割ったものである。

粒子が荒く、密着力の少ない荒砥は刀身に馴染みやすい反面、未熟な者が下手に刃に当てれば、たちまち欠いてしまう。

「やり方は、分かっているな」

重信は斜《はす》にした刀身に自前の砥石を当てると、手前から剣尖に向かって軽く押すように当てていく。

刀剣に限らず、刃物は金属面の粒子を荒くして、用いる骨肉を切り割った際に吸い付かぬよう、予《あらかじ》め刃部《じんぶ》をざらつかせておく必要があるのだ。

「左様に動かせば、傷つけずに刃を付けることができる。やってみろ」

重信の指示に従い、新之助は慎重に砥石を遣う。

(素直だ。それに、何をやらせても覚えが早い)

見守る重信の心に、新之助への情が急速に湧いてきた。

(こやつを死なせたくない)

それにはまず、眼前の包囲を突破しなくてはならない。

重信は、長柄をそっと握った。いつの間にか、掌から汗がにじみ出ている。

(不覚な)

右手を軽く振り、臆する気持ちを汗と一緒に払い落とす。避けられぬ戦いは刻一刻と迫りつつあった。

三

裏路地は、無気味に静まり返っていた。

どうやら、異変を察知したらしい。ひしめき合う掛け小屋の中から、あれほど盛んに漏れ聞こえていた辻君たちの嬌声も完全に途絶えていた。訳が分からずにいる遊客どもの口を塞ぎ、じっと鳴りを潜めているのだろう。

とにかく巻き込まれないように息を殺して、危機が過ぎ去るのをひたすらに待つ。それが戦乱の世で体を張って生きている、女たちの処世術なのだ。

一方の重信と新之助は、打って出なくてはならない時を迎えていた。刀を持たない身であれば、姿を隠し続けるのもいいだろう。しかし兵法者である以上、いつまでも逃げているわけにはいかないのだ。

「行くぞ」

「はい！」

覚悟を決めて、新之助は答えた。

裏路地の入口から、幾つかの黒い影が接近しつつある。それぞれ抜き身の大刀を手にしていた。待ち構えていても出てはこないと見切りを付け、強行手段に転じたのだ。

（……三人か）

頭数を確認した重信は、背後の新之助を鋭く振り返る。唯一の味方に対するものとは思えぬほど、厳しい視線だった。

「自分から受けに回って、刃を合わせてはいかん。たちまち斬られるぞ」

「……は」

緊張した面持ちをした弟子の目を見つめながら、重信は説き聞かせる。

「真剣勝負は、太刀ゆきの速さで決まる。それだけは忘れるな」

それこそが実戦の場における、剣の極意だった。

だが、口にするのは容易《たやす》いが、実行に移すことはきわめて難しい。当の重信とて、常に成せる技ではないのだ。しかし、今は断言するしかない。

「俺は必ず生き残る。おぬしも決して死ぬでないぞ」

「はい!」

力強い答えだった。

「東雲角馬は俺が引き付ける。その間に、囲みを破れ」

「分かりました」

「決して、惑うな」

それだけ告げると、重信はおもむろに正面へ向かって駆け出した。

三つの影が殺到してくる。捕らえるつもりなど、初めからないのだろう。重信と同様に夜目が利くらしく、斬り込んでくる太刀筋は正確だった。

(命までは取るまいぞ)

重信は刀を抜かなかった。鞘走らせない代わりに柄を突き上げ、打ち下ろして、たちまち三人を昏倒させる。この騒ぎが起きる前、織田の侍を打ち倒したのと同じ、当て身の一手だった。

闇に煙が漂い始めた。何者かが龕提灯を持ち込んだに違いない。

「やるな、林崎」

東雲角馬だった。左手に龕提灯を提げ、短めの大小の刀を帯びていた。

「さすがだな」

夜陰の中に、色白の美貌が浮かび上がる。相変わらず人を小馬鹿にしたような声であったが、切れ長の両目は笑っていない。

油断なく相手を見据えながら、重信は後ろ手で合図を送る。

背後で走り去る足音がした。

角馬が持ち込んだ籠提灯のおかげで、新之助も今なら行く手を見通せるはずだ。

(生き残れよ)

無言のまま、重信は一歩進み出る。

何としても、この男だけは引き付けておかなければならない。

四

後方から、激しい刀槍の響きが聞こえてきた。新之助が敵と遭遇したのだ。もはや運を天に託すしか無いだろう。気持ちを切り替えた重信はもう一歩、踏み込みながら鋭く問うた。

「ひとつだけ、教えてもらおう」

「なんなりと」

何食わぬ顔で、角馬は返答する。新之助のことなど、最初から気にもかけていないらしい。

「何故に拙者が、北畠の御家来衆に追われねばならんのか」

角馬は答えず、ただ赤い唇を開いて見せる。皮肉に満ちた笑顔だった。

「理由もなしに、刃を向けられては敵《かな》わぬ」

「白々《しらじら》しいな」

角馬は、優美な眉根《まゆね》に皺《しわ》を寄せる。渋い表情を作るのにも、いちいち格好をつけるのがいやらしい。

重信は醒《さ》めた視線を角馬に向けた。

「おぬし、伊勢への道中で鈴鹿山を越えたであろう」

無表情のまま、角馬は切り出した。

「それが、どうした」

「鳥屋尾《とりやお》殿の家人を亡き者にしたこと、すでに明白である」

角馬が何を指摘しているのか、ようやく事情が呑み込めた。

伊勢入りする際、鈴鹿山中で遭遇した斬殺死体。あれは、北畠家累代《るいだい》の重臣、鳥屋尾石見守《いわみのかみ》の放った密使だったのだ。

「思い出したらしいな」

角馬の声は、確信に満ちていた。

「骸《むくろ》も検《あらた》めたぞ。人も馬も肉は腐り果てていたが、骨は残っていた。馬の首を一刀両断にしたのは三尺を超える、おぬしの大太刀に違いあるまい」

「知らぬ」

「どうかな」

にべもない態度だった。それにしてもなぜ、角馬は北畠家の秘事を、これほどまでに承知しているのであろうか。

この重信の疑念は、すぐに氷解した。

「拙者はおぬしの如き、武芸一本の無骨者とは違ってな……大殿からも、早々にご信任を賜《たまわ》っておる。討手に選ばれたのも、そのためだ」

「討手、だと」

「そういうことだ」

告げるや否や、角馬は籠提灯を足許に放り捨て、小太刀を一閃させた。

普通に抜いたわけではない。右手で刀身を抜き出すのと同時に、左手で十分に鞘を引いて抜刀の速さを倍加させる、修練の跡が明らかな脇差居合だった。

（この男も、居合を！）

驚きを覚えながら、重信は大太刀を抜き合わせて応戦する。三尺二寸三分（約九六・九センチ）の刀身を、完全に鞘走らせるだけの余裕は無い。半ばまで抜き上げた刀身で、斬撃を受け止めるのがやっとだった。

次の瞬間、角馬は自分から刃を打《う》っ外《ぱず》した。抜刀と同様に迅速な動きである。短い刀身をいつまでも大太刀と合わせていては、不利になるからだ。

間合いを取って、ふたりは再び対峙する。

重信は、今度こそ鞘を払った。が、すぐには斬り込めない。この裏路地は、右横を表路地に建ち並ぶ店屋の板壁に、左横を辻君の掛け小屋に挟まれているからだ。

このままでは釘付けにされ、思うように打ち振ることができない。愛刀を中段に取ったまま、重信は一歩も動けずにいた。

角馬が下段に構えた小太刀の剣尖は、ぴたりと正面の重信に向けられている。地を這うかの如く体を低くしながら刃を突きつけ、相手の動きを制する。かつて見たことの無い刀法だった。

「自慢の大太刀も、今は無用の長物らしいの」

嘲笑を浴びせながら、角馬はおもむろに問うた。

「おぬし、元は上杉家の禄を食《は》んでいたな」

肉の薄い重信の頬が、ぴくりと動く。

「ほほう、驚いたな」

勿体《もったい》をつけた後、角馬は続けて言った。

「この春までおぬしが仕えておった松尾尾張守《まつおおわりのかみ》は、上杉家重代の家臣と聞く。それで主筋の謙信《けんしん》より密命を帯びて、この伊勢に潜り込んだのであろう」

重信は、思わず言葉を失った。

「御使番を手に掛けたのは、おぬしを置いて、他にあるまい」

自信に満ちた態度だった。これほど確信を抱いているのは、角馬を差し向けた北畠具教が、重信を上杉家の間者《かんじゃ》と思い込んでいるからに他ならない。

まさか、同門の兄弟弟子が――。

動揺するのに構わず、角馬は続けて言った。

「鳥屋尾殿は、織田方との再戦を御覚悟なされたお屋形さまのご意向を承り、かねてより甲斐の武田家との同盟締結に奔走《ほんそう》しておられる。その事実を知った謙信が、おぬしを差し向けたと考えれば、すべて辻褄《つじつま》が合うのだ」

「知らん！」

「上杉家とは、とうに縁が切れておるっ。拙者は一介の牢人に過ぎんのだ」

「黙れ、間者め」

「どうかな」

重信の必死の弁明も、通じない。

いつの間にか、角馬は体を起こしていた。小太刀を下段に提げたまま、皮肉な笑みを浮かべながら直立する態度は、完全に相手を嘗《な》めきっている。

角馬は、重信よりも頭ひとつ高い。見下ろしながら、楽しそうな声で言った。

「間者でなければ、何を好んで大年増の女官と情を通じた？　あの女の口から、御家の秘事を聞き出す腹づもりであったのだろう。それともおぬし、単なる如何物《いかもの》食いかの」

「貴様……」

重信の顔から、一気に血の気が引いた。

「残念だったな」

対する角馬の目に、残忍な光が宿った。その足許では、放り出された籠提灯が燃えている。松脂の濃厚な煙が、周囲に漂い始めていた。

「豊勢は多芸御所の伝統とやらを保つために、形ばかりに置かれているだけのおなごに過ぎぬ。北畠家の大事など、何ひとつ知らぬぞ」

非情な言葉を、角馬は事も無げに重ねた。

「生涯嫁ぐことも無く、老いていく運命《さだめ》の女だ」

「……………」

「似合わぬ手練手管を弄《ろう》したのに、無駄であったな」

血の気が失せていた重信の顔が、見る間にどす黒くなってきた。闇の中にその表情が浮かび上がる。忿怒《ふんぬ》の形相だった。

五

「どうした？　怒ったか」

「斬る」

一言告げるや、重信は地を蹴った。大太刀を体の正面に構え、腰だめに突っ込んだのだ。

完全に、我を忘れている。素人同士の刃傷沙汰《にんじょうざた》ならばともかく、武芸を修めた者の目から見れば、どうぞ斬ってくださいといわんばかりの体勢だった。

「愚か者め！」

角馬の五体が機敏に動いた。白煙が立ちこめる中、共に一直線に突進する。激しく飛び交った刹那、嫌な音がした。いずれかの刃が、相手の肉を切り裂いたのだ。

膝を突いたのは重信だった。道中着の左袖口が、朱に染まっている。垂直に立てた角馬の刀身が、擦れ違う瞬間に小手をかすめたのだ。

「もう少し、歯ごたえがあると思ったのだがな」

感情のない声でつぶやきながら、仁王立ちになった角馬は小太刀を振り上げる。

その時、しゃあしゃあと妙な音が聞こえてきた。

見れば、何者かが燃え盛る籠提灯に向かって、小便を引っかけている。つい先刻まで、角馬が立っていた場所だった。

「危ないなぁ」

場違いなほどにのんびりした声だった。よほど我慢していたのだろう。盛大に放出された小便で、くすぶっていた籠提灯の残り火が見る間に消えていく。

「おぬしたち」

声の主は背を向けたまま、くだけた口調で聞いた。

「斬り合うのは勝手だが、いささか不調法ではないか」

「何だと？」

角馬が、たちまち血相を変えた。振り下ろしかけた小太刀は、空中で静止したままだった。それに構わず、声の主は言葉を続けた。

「いよいよこれからというのに、そこの御仁と連れの若い衆が逃げ込んできたおかげで、相唱《あいかた》がすっかりおびえてしまっての。ずっとお預けを食わされておる」

滴《したた》り落ちる血によって薄れかけた意識を奮い起こし、重信は必死で目を開いた。

（何者だ……）

その視界に映ったのは、珍妙《ちんみよう》な扮装の男だった。すっきりと伸びた長身に花柄の小袖を一枚、帯も締めずに羽織っている。抱いていた辻君の衣装を拝借し、そのまま出てきたらしい。

何ともだらしない姿であるが、背中には大太刀を一振り、革紐で吊っている。重信の愛刀と同じ、三尺余の長柄刀だった。

（こやつ、兵法者か）

重信は直感した。

「ああ、すっきりした」

男は、満足気な声を上げながら振り返った。前髪も涼やかな、長身の若者だった。

思わず、重信は息を飲む。

美少年――。そう表現するのが最もふさわしい、洗練された容貌であった。世間の二枚目にありがちな、嫌らしさがまるで無いのだ。

たとえば東雲角馬などは、一から十まで造り込まれたかのような印象を与えられる美形である。人目を飾って気に入られるだけのために立ち振る舞い、自在に表情を切り替えていく。

同性、それも重信のように、男ぶりのあまり良くない者には、どうあっても好きにはなれない人間であった。

逆に北畠具教などは角馬のそうした部分に同類の匂いを感じるため、尚のこと寵《ちょう》愛《あい》したくなるのだろう。

反して目の前にいる若者は、世俗にまみれた輩《やから》とはまるで異なる、天性の美しさを備えている。年の頃は定かでないが、お世辞抜きに匂うような美童ぶりだった。

「とにかくだ」

その美貌に似合わぬ、無邪気な口調で若者は言った。

「人のお楽しみの邪魔は、止めてもらいたい」

どうやら小便が手に付いたらしい。二人に向かって歩み寄りながら、腿《もも》のあたりで指をぬぐっていたが、汚らしい印象はまるで与えなかった。

「して、勝負は付いたのか？」

「おぬしなどの、知ったことではない」

不機嫌そうに角馬は言った。できれば言葉も交わしたくない、そんな態度だった。

「拙者は主命により、この者を上意討ちに参ったのだ。別に勝負をしておるわけではない」

「本当かい」

若者は、疑わしそうな声を上げた。

「どう見ても、その御仁のほうが正しそうだがな」

「無礼な！」

怒気を強める角馬に若者は相も変わらず、のんびりした声で言った。

「あいにくだが、私は北畠の大殿とは縁もゆかりもない故な。何を申そうが、無礼と咎《とが》められる筋合いはない」

「黙れっ」

叫ぶと同時に、角馬は素早く小太刀の剣尖を返した。もはや動けぬ重信に構わず、新たな敵に向かって突進する。

その動きを追っていた重信の目が、大きく見開かれた。

若者が提灯を消してしまったので、裏路地は再び、漆黒の闇に包まれている。だが兵法者として鍛え抜かれた重信の目は、大太刀が抜き放たれる瞬間をはっきりと視界に捉えていた。

左肩に吊った刀の柄を両手で握り、鞘を高々と持ち上げた。

鞘を背負った革紐の反動で鯉口を切り、上から下へと一挙動で抜き付ける。信じられない速さだった。

角馬が見舞った手練の斬撃は、若者の左肩口から一気呵成に振り下ろされる刀身に為す術もなく遮られた。辛うじて受け止めただけでも、大したものだと賞されるべきだろう。

「おのれ……貴様……」

押し下げてくる刀身を必死で阻みながら、角馬は悔しそうにうめく。

「さて、どうする」

若者は、軽やかに問うた。

「このまま退《ひ》けば、命までは取らぬぞ」

角馬は、黙って小太刀を引いた。噛《か》み締めた赤い唇の端から、血が滴《したた》っている。

「去《い》ね」

油断なく大太刀の剣尖を突き付けたまま、若者は一言吐き捨てる。有無を言わせぬ口調だった。

六

「……このままでは、決して済まさんぞ」

ようやくのことで喉の奥から絞り出した捨て台詞《ぜりふ》を残し、角馬は駆け去った。

「そういう物言いは、もう聞き飽きておる」

鼻先で笑い、若者は大太刀を鞘に納めた。抜刀したときと同じ、鮮やかな手付きであった。

(我流の剣か)

重信は思った。もちろん相応の師匠に就いて学んだからこそ、ここまで見事な技量を有しているのだろう。しかし、若者の刀法には、他の兵法者に必ず見受けられる、師の影というものがまるで感じられなかった。

師を持たずに、自分ひとりの修行で修得した剣技なのか。それとも、完全に師の影を消し去ってしまうほど、天性の才能を開花させているのか。

重信がそんなことを思い巡らせていると、若者が歩み寄ってきた。いつの間にか出血が止まった重信の左腕に触れ、傷口をちらりと見やる。

「思うたよりも浅手だな」

つぶやくと、若者は掛け小屋の入口にぶら下がった筵をひょいとめくった。中では十八、九歳に見える辻君が不安そうな表情を浮かべている。

「もう大丈夫だよ。恐くない」

優しく声をかけてやると、若者は手真似で何か持ってくるように指示した。

女から受け取ったのは、大ぶりの瓢簞《ひょうたん》だった。熟柿のような異臭を発する瓢簞を傾け、ごくりと喉を鳴らす。

「ああ、うめえ」

もう一口ふくみ、形の良い頰を膨らませたまま戻ってきた若者は、戸惑う重信の袖をまくり上げた。

「我慢しろよ」

告げるが早いか、ぷーっと吹き付ける。感覚を失いかけていた左腕に、激しく痛みが走った。

「こうしておけば、後で膿《う》まぬから」

残りの酒で凝固した血を洗い落としながら、若者はつぶやくように言った。

「布が要《い》るなぁ。汚れていないほうがいい」

重信は空いた右手で懐中を探り、用心のために持っていた予備の手ぬぐいを取り出した。

若者が手際よく傷口を縛り、手当ては完了した。

「よし、これで大事ない」

満足げに微笑みながら、若者は立ち上がった。

「かたじけない」

「なに。邪魔者を追い払うただけのことさ」

肩を貸しながら、若者は無邪気に言葉を続ける。

「おぬしとの、勝負のな」

抜刀したのは、同時だった。

若者は見た。白子の港において無頼の野武士の両腕を斬り飛ばした時と同様、ほぼ垂直に近い角度で重信が大太刀を抜刀する、その一挙一動を。これで、二度目だった。

常人の目には、左右の手を走らせた次の瞬間には刀身が鞘から完全に抜き放たれているとしか映らないことだろう。それほどまでに、重信の抜き打ちは迅速なのだ。

小柄で、腕の長さも短い重信が、柄まで含めれば自分の身長と変わらない長さの大太刀を、型通りに、左腰に差したままの角度で抜こうと試みれば、半分も鞘走らせることは不可能だろう。

故に、柄を操る右手の動きに合わせて、左手の親指と人指し指の横腹で鯉口《こいぐち》を包み込むようにして握った鞘を、思いきり後方に引いているのである。

重信の場合、水平ではなく、縦に、しかも刀身を納めたままの鞘を帯の間から抜き出す点に、最大の工夫があった。

胸元の辺りに来るまで抜き出したところで、鞘を腰の位置へと一気に引き戻す。こうすれば重信の身長に照らし合わせると長すぎる刀身が、少なくとも一尺（約三〇センチ）は短縮して抜刀できる。

一般に用いられる打刀より一尺長い大太刀を、普通の刀と同じ感覚で抜き打つことが可能となるのだ。

この抜刀術こそ、重信が若き日に開眼した、奥義『卍《まんじ》抜け』であった。

腕の長さに余裕のある、恵まれた体格の持ち主はつい鞘引《さやび》きを怠りがちだが、正確な居合の技を行うには欠かせない技法とされる。重信は鞘引きの忠実な実践者なのだ。

二条の刃が、漆黒の闇に大きく弧を描き、そして重なり合った。

重信の角張った顔を、脂汗が伝い落ちていく。対する若者の細面《ほそおもて》には汗の玉ひとつ浮いていない。明らかに、重信は圧《お》されていた。

俗に鍔《つば》競《ぜ》り合いと呼ばれる一手だが、実際には鍔と鍔を合わせる訳ではない。刀の刃部と棟との間に小高く盛り上がった鎬《しのぎ》で相手の斬撃を受け止め、削れんばかりに激しく押し合う。

技量と体力を等しく要求される、きわめて過酷な競り合いだった。

至近距離で身を寄せて揉み合う以上は、顔面や首、さらには肩口にまで浅手《あさで》を負うのは避けられない。

このような状況では、鍔もさほど役には立たない。鍔とは、手の内で崩れた右掌が汗で滑り、誤って自分の刀身をつかんでしまうことの無いように設けられた、いわば滑り止めに過ぎないからだ。

一対一で真剣を振るっての立ち会いは、鍔競り合いで互いに際限なく浅手を負ったあげくに失血死してしまう場合が多いという。まして、今の重信は普通の体ではない。

柄頭近くを握った軸手——左の二の腕がたちまち痺れた。五体から力が抜けていくのに、重信はもはや耐えることができなかった。

(保《も》たぬ)

そう思った瞬間だった。

「やめた」

つぶやくなり、若者は大太刀を引いた。いかにも残念そうな顔で納刀しながら、頬を膨らませる。

「手傷を負ったおぬしを力押しに斬っても、勝負を制したことにはならん」

「ならば、何故に抜き付けた？」

荒い息をつきながら、重信は問う。不思議なほど、怒りは覚えなかった。

「どうしようかと、迷った末のことだがな」

果たして、若者はこう答えた。

「この乱世、男も女も一期一会だ。今、ここでおぬしと別れて、また会えるとは限るまい」

「なるほど、それも道理だ」

考えてみれば、若者の言うことは理に適《かな》っている。

(童《わらべ》のようでいて、きちんと物事を考えておる)

重信は、愉快な気分になってきた。傷の痛みも、心なしか薄らぎつつあるようだ。

「そこまで望まれれば、もう一度、相まみえる約定《やくじょう》を交わさねばなるまいな」

「言葉だけでは困るぞ」

若者は、だだっ子のように念を押す。

「いいか。拙者と再び剣を交えるまでは、決して死んではならん」

「相分かった」

答えて、重信は大太刀を鞘に納めた。その胸中には、新たな自信が芽生え始めていた。

力押しの攻防でこそ圧倒されたが、抜刀の速さそのものは完全に互角だった。角馬の妖剣を撃ち破った若者と、自分は五分に渡り合ったのだ。

手傷を負っていたことは関係あるまい。ひとたび戦いの場に立てば、相手はこちらの体調など気遣ってはくれない。若者が本当に重信を倒したければ、あのまま押し斬って恥じることなど無かったはずである。

にもかかわらず、彼は再戦を望んだ。純粋無垢《むく》に、重信との勝負を楽しみたいのだ。

むろん、この次に戦えば、どちらかが死ぬことになるやも知れない。

が、重信の心は晴れやかだった。気分が持ち直せば、いきおい表情も明るくなる。

「何だおぬし、笑っているのか」

「まあな」

「頭に毒が回るほど、傷は深くないだろう」

「手当てが良かったからな」

笑いかけながら、若者に問う。

「おぬしの名を聞いておきたい」

「佐々木小次郎」

これもまた、晴れやかな笑顔だった。

「拙者は、林崎甚助重信と申す」

「また会おうぞ」

無邪気に手を振った小次郎は、再び掛け小屋の中に消えた。

重信は足音を潜めつつ、そっと裏路地から抜け出した。

北畠も織田も、すでに討手を引き上げさせたらしい。表通りには、おびただしい数の足跡が残されているだけだった。

新之助は、無事に逃げ延びたのだろうか。

(生きておれば、必ずや訪ねてくる。あれは、そういう奴だ)

ともあれ、今は一刻も早く、この里を立ち去らねばならない。

（豊勢どの、許せ）

重信は心の中で詫《わ》びた。

それだけが、唯一の心残りだった。

第六章　家康の抱具足師《かかえぐそくし》

一

玉越三十郎《たまごしさんじゅうろう》の住む清洲《きよす》は、織田信長の嫡男・信忠《のぶただ》の直轄領だ。

天下統一の大事業への着手以来、信長は多忙を極めていた。永禄十年（一五六七）夏、隣国の美濃《みの》を手中に納めた信長は、元来の領地である尾張国を信忠に任せ、自身は岐阜《ぎふ》城に居を移している。

あれから五年。今や、信長は己が野望をほぼ半ばまで達成したといってよかった。尾張と美濃に続き、名門の北畠家が代々治めてきた伊勢をも陥落。さらには足利十五代将軍の義昭公を奉じて上洛を果たし、天下取りに最も近い距離まで駒を進めていた。

織田家の膝元で生まれ育った人間として、三十郎は実感せずにいられない。

(殿様ぁ、つくづく大したお方だ)

領民としての妄信《もうしん》めいた感情ではない。ただ、同じ男として、心より頼もしく思うのである。

三十郎は当年二十四歳。清洲城下に、具足師《ぐそくし》の店を構えている。十四の齢から甲《かっ》冑鍛冶《ちゅうかじ》の修業を五年、みっちり積んだ上での開業だった。織田勢の軍事行動が近年とみに活発化してきたせいか、稼業はなかなかに忙しい。

独立して店を出したのは、ちょうど信長が清洲城を信忠に譲った直後のことだったが、相も変わらず、織田家からの甲冑の注文は引きも切らない。南蛮貿易最大の拠点であり、鉄砲の一大供給源でもある堺《さかい》が信長の手中に落ちた時はどうなるかと思ったが、杞憂《きゆう》に過ぎなかった。

思えば、当然の話である。織田家の所領が拡大し、商う品々への需要の絶対量が増えている以上、競争相手がいかに多くなろうとも、恐れるには値しない。

それに、三十郎には後ろ盾があった。今日はこれから、その後見人である大旦那に会いに行くのだ。

熱田《あつた》までは、およそ三里（約一二キロ）。品物を納めに行くわけではないので、荷車も手荷物もいらない。

ほんのひとまたぎの距離がやけに遠く感じられてならないのは、先日来の相談事に対して、返答することになっているからだった。

できれば、引き受けたくはない。

が、加藤《かとう》家の命令は、何を置いても果たさなくてはならない。

(どうしたものかな)

その迷いが、街道を行く足取りを鈍らせている。

船に乗っていけば良いものを、わざわざ徒歩で赴《おもむ》いたのも、到着を可能な限り遅らせたいという一念ゆえのことだった。それでも、わずか三里の道のりである。だらだらと歩を進めても、すぐに着くのは目に見えていた。

(一息入れるか)

街道脇の大石に腰を下ろし、左腰に吊った火打《ひうち》袋《ぶくろ》を外す。

火打石と火打金だけで火を熾《おこ》すのは、なかなかに難しい。二、三度打ち合わせただけで苦もなく火花を枯れ草に移せるのは、ちょっとした才能と言ってもいいだろう。

手に入れた火種を大事そうに掌で守りながら、三十郎は奇妙な道具を持ち出した。

五寸(約一五センチ)ばかりの陶器《すえもの》の棒の先端近くには、盃を思わせる形のくぼみが設けられている。続いて、枯れ葉を刻んだようなものを別の小袋からひとつまみ、そっと取り出す。

慎重な手付きだった。盃状のくぼみに詰め、上から親指の腹でそっと押さえる。

棒の末端にある吸い口をくわえながら、三十郎はつぶやいた。

「面倒なものだな」

「しかし、それだけの価値はある……」

火種をくぼみに近付け、息を吸い込み、そっと吐く。何度か繰り返すうちに、細い紫煙が立ち上ってきた。

慣れない者にはけむいだけかも知れないが、この芳香が疲れを癒《いや》してくれるのだ。

「煙草《たばこ》かね」

不意に、誰かが声をかけてきた。

「良かったら一服、拙者にも相伴《しょうばん》させてもらえないか」

紫煙をくゆらせながら、相手を下目使いに見る。足の大きさから察するに、身の丈は三十郎と変わらないと考えていい。

（一人か）

織田家のご威光が効いているせいか、往年ほどには物騒《ぶっそう》ではなくなりつつある尾張国だが、昼日中から物盗りを働く輩《やから》が途絶えた訳ではない。

（それにしても、俺に狙いを付けるとは、愚かな）

煙草を知っているということは、堺あたりから流れてきた用心棒くずれの牢人者と思っていい。どれほど腕に自信があるのか知らないが、職人と思って馬鹿にされては困る。

三十郎は、いつも懐中に一尺（約三〇センチ）の鎧通《よろいどお》しを呑んでいた。大柄で胸板が厚く盛り上がっている剽悍《ひょうかん》な体格のため、着物の下に刃物を隠し持っても目立たない。兵法者を目指して武者修行に出た幼なじみの餞別に用意してやった同田貫ともども、堺で買い求めた逸品だった。

肉厚の刀身は今までに夜盗三人、追い剝ぎ二人の血を吸っている。できれば、殺したくはない。しかし道理の分からぬ相手であれば、腕の一本ぐらいは覚悟してもらわなければなるまい。

キセルをくわえたまま、そろそろと腰を浮かせていく。男が左腰に帯びた大刀が、三十郎の視界を横切る。

その時、三十郎の目は釘付けになった。

（同田貫……？）

慌てて、相手の顔を振り仰ぐ。

「俺だよ。三十郎」

「新之助か!!」

三十郎は両目を剝いた。

金蘭《きんらん》の交わりを結んだ友が、そこにいた。

二

小半刻（約三〇分）後。

玉越三十郎と巽新之助は、熱田に到着した。

「まさか、すぐ逆戻りするとは思わなかったよ」

新之助は自らぼやきながら、大きく伸びをした。

霧山の城下で北畠の兵の包囲網を突破した後、どうやってここまで辿り着いたのであろうか。

ともあれ重信が見込んだ通り、新之助は無事に生きていたのだ。着衣こそあちこち破れてはいたが、大きな手傷を負っている様子は無い。

今までの詳しい経緯《いきさつ》を聞いた三十郎も、とりあえずは安堵した表情だった。

肩を並べて歩きながら、新之助は懐かしげに目を細める。

「こうして話すのは、何年ぶりかな」

「五年だな」

「どうして分かる？」

「お前が武者修行に出たのと、俺が店を出したのは同じ年だからさ」

「なるほど」

新之助は、ふと口調を改めた。

「おぬし、織田の殿様に召し抱えられておるのではあるまいな」

「まさか」

三十郎は、笑って答える。

「抱具足師なんざ、真っ平御免さ。町鎧だの、町兜だのと俺たちの造る具足を軽んじる客ぁ清洲にはいねえからな。胸を張って、ご城下で商いに励んでらぁな」

「相変わらずか」

「お前も、な」

二人は、同時に笑って顔を見合わせた。兵法と鍛冶。それぞれ選んだ道は違っても、志は同じである。時の権力者には頼らず、野に在って己が腕一本で食っていく。これが五年前に別れた時、互いに誓い合った約定だった。

「それにしても、加藤家にお出入りを許されているとは大したもんだ」

新之助の言葉に嫉妬めいたものは無い。友を心から祝福する想いに満ちていた。

しかし、当の三十郎の表情は晴れなかった。

「どうした、煙草にでも酔ったのか」

新之助が何か問うても、上《うわ》の空である。どうやら、心に何かしこりのようなものを抱えているらしい。威勢のいい職人ぶりが、すっかり鳴りを潜めてしまっていた。

二人は、荷揚げで賑わう港を黙々と通り過ぎていく。目指す加藤家の屋敷は、もうすぐそこであった。

「なあ、三十郎」

意を決して、新之助は申し出た。

「良かったら俺も、大旦那に会わせてくれないか」

「新之助、お前……」

驚いた様子の三十郎に、新之助は笑顔で告げた。

「俺、いや拙者も一応は兵法者だ。用心棒ってことにすれば、おかしくはあるまい」

三

二人が通されたのは、豪奢な書院だった。

南蛮船の船長から献上されたらしい象牙や虎の革など見るからにけばけばしい装飾品が、これ見よがしに並んでいる。さすがに、金融業と海運業で財を為した加藤家の私室ではあった。

「相手の用件は、分かっているのか？」

「……ああ」

三十郎の口ぶりは、相変わらず重かった。

出された菓子にも、手を付けない。

「おっ、ビスカウトじゃないか！」

遠慮なく手を伸ばしながら、新之助は得意顔で講釈する。

「こいつは麦粉に溶き卵を混ぜて、特別な窯《かま》で焼いたもんでな。日持ちするから、ぽるとがるの船乗りはこいつを船倉に積み込んで、航海するそうだ。ちょいと甘いが、まぁ南蛮の乾飯《ほしいい》みたいなもんさ」

「ふぅん」

三十郎の沈んだ態度は、相変わらずだった。

この三十郎、実のところ疲弊《ひへい》しきっている。具足鍛冶、それも兜鉢《かぶとばち》造りでは清洲城下でも評判が高く、その確かな鍛鉄《たんてつ》の技は織田の家中にも聞こえるほどであった。

最近、三十郎は寝食の間を惜しんで仕事に励んでいる。夜に日を継いで作業に励まなければ、数を揃えて発注される織田家への献上品を、揃えることができないからだ。

今や三十郎は、織田家に献上する兜鉢を造ることに、具足鍛冶としてのすべてを費やしていた。

献上品はいつまでも殿様の手許にとどまっているものではない。何かにつけて褒美《ほうび》として、家臣へ下げ渡されるのが常である。従って、その需要が絶えることはない。

早い話、他の客からの注文を受けることが不可能な状態なのである。

三十郎は、この現状が何とも耐えられないのだ。

ただ働きをさせられているわけでは無い。十分すぎるほどの代価を以て、労力に報いてもらってはいる。織田家への献上兜さえ造り続ければ、三十郎はこれからも大枚の金子《きんす》が得られる。織田家が瓦解しない限り、具足屋の経営は安泰ということだ。

他人が聞けば、この上なく幸せな立場と羨むことだろう。苦労して新しい客を獲得せずとも、ひとつの得意先さえ大事にすれば飢える不安もなく、安心して好きな仕事を続けることができるからだ。

が、今の三十郎にとって、毎日が針の莚《むしろ》でしかない。

これでは、大名の抱具足師と変わらない。自分は何のために、市井《しせい》の職人として生きる道を選んだのか——。

しかし、答えを見出す余裕さえ、今の三十郎には無かった。

加藤家からは毎月、少なからぬ数の兜鉢の注文が舞い込んでくる。もちろん断れるはずも無く、夜に日を継いで仕上げる。仕上げた品物を納めれば、また次の発注を出される。常に、同じことの繰り返しなのだ。

五年に及ぶ具足師稼業の日々に、個人の注文で兜鉢をあつらえる機会は数えるほどしか巡っては来なかった。しかし、それは三十郎にとって何物にも替えがたい、貴重な経験でもあった。

信長への献上品ほど破格な代価が得られる訳では無いし、材料の鉄も限られた予算でまかなう以上、最上等とはいかない。それでも顔が見える客とのやり取りは、職人としての心の支えだった。

(俺は、そういう仕事をやりたいのだ)

だが、願ってはいても、口には出せない。恐らくは、今日もそうであるはずだった。

四

気まずい時が、半刻（約一時間）ほど続いた。

「豪商ってのは、つくづくお偉くできているらしいな」

新之助は、すでに不機嫌になっていた。ビスカウトを盛った唐風の菓子鉢はとっくに空になっている。

三十郎はというと、黙念と両目を閉じたままであった。

先刻から、ずっとこの調子なのである。

と、廊下を渡ってくる足音が聞こえてきた。しばしの間を置いて、襖が開く。

応じて、三十郎は平伏した。別人の如く、素早い反応であった。

新之助も居ずまいを正し、形ばかり頭を下げて見せる。

現れたのは、父子と思《おぼ》しき二人連れだった。

先に立って襖を開けたのは、三十代後半の痩せた男。加藤家の御曹子に当たる順政《よりまさ》だった。目が細く、頬骨が高く張っていて、お世辞にも美男とは言いがたいが、商才は人並み以上に優れている。加藤家の当主として、ふさわしい人材だった。

「さ、父上」

順政が丁寧に招き入れたのは、六十がらみの恰幅《かっぷく》の良い老人だった。熱田の利権を一手に握る豪商の加藤順盛《よりもり》である。商売の采配こそ嗣子《しし》の順政に任せているが、織田信長に長年仕える古参の老臣でもある順盛の権勢は、いささかも衰えていない。好々爺《こうこうや》然とした外見とは裏腹に、才知に長《た》けた傑物《けつぶつ》なのだ。

上座に就いた順盛は、優しげな声で言った。

「暑い中、雑作《ぞうさ》をかけるな」

「恐れ入りまする」

再び、三十郎は平伏する。従順この上ない態度であった。

(三十郎……)

これが五年前、在野の心意気に満ちていたあの男なのか、あまりの変わりように、新之助は愕然とした。しかし、今は沈黙を保つ以外に無い。

ここで自分が口を挟めば、三十郎の立場が悪くなる。この目にどう映ろうとも、無二の友が五年の時を費やした結果なのだ。邪魔をしてはならない。

そう思えばこそ、新之助は大人しく端座したままで耐えた。

三十郎の心中もまた、穏やかならざるものだった。

「先日の答え、聞かせてもらおうか」

順盛の問いかけは、あくまでも優しげである。

「徳川家康《とくがわいえやす》殿の抱具足師といえば、おぬしにとっても悪い話ではあるまい。のう？」

一言一言に明らかな恫喝《どうかつ》が含まれている。柔らかい物言いだけに、逆に与えられる威圧感も大きい。もしも順盛を本気で怒らせれば、三十郎の具足師生命など簡単に絶たれてしまうに違いない。

「快く、我らが願いを聞き届けてもらえるであろうの」

「は」

三十郎の顔は、見るからに青ざめている。

「父上の申される通りだぞ。徳川様は、いずれ優勢なお立場に立つ御方。ご奉公するならば、今が好機ぞ」

順政の言《げん》もまた、有無を言わさぬ口調だった。

「儂の心中も、察してくれい」

順盛の表情に、ふと悲しみの色が浮かんだ。

「家康殿は幼い頃から、決して情では動かぬ男だ。育ての親の儂がどれほど白髪頭を下げても、一向に弥三郎《やさぶろう》を取り立ててくれる気配を見せぬ」

　これを聞いた新之助の頬が、引き攣《つ》った。

(弥三郎を、取り立てるだと?)

　前で正座している三十郎の背中を突つき、小声で問う。

「どういうことだ」

　相変わらず青い顔をしたまま、三十郎は答えない。

　新之助の不作法な振る舞いを無視して、順盛は言葉を続けた。

「したが、おぬしの兜の細工ならば、必ずやお気に召すだろう。ここはどうあっても三河国《みかわのくに》に移り住んでもらいたい。もちろん、支度金は十分に出そう」

　実に、一方的な物言いであった。

「知っての通り、あれは生まれつき気ままなところがあってのう。家康殿が用意した屋敷を抜け出しては、朋輩《ほうばい》のどら息子どもと遊び回っているらしい」

「……………」

　答えぬ三十郎に、老人は優しく説き聞かせた。

「三十郎、おぬしは弥三郎と幼い頃から仲が良かったであろう? 三河に居を定めた上で、あれに気持ちを入れ替えて、家康殿へ正式にお仕えするよう、説いてやってはくれぬか。のう」

畳《たた》みかける順盛に対して、三十郎は尚も無言のままだった。

(馬鹿にしてやがる)

新之助は、心の中で毒づいた。

ようやく事情が呑み込めた。黙して語らない三十郎の懊悩《おうのう》は、あの加藤家の醜聞《しゅうぶん》に端を発していたのだ。

五

三年前のことである。

加藤家には代々、二男を織田家に出仕させる慣習があった。

当時、信長に小姓として仕えていた加藤弥三郎は兄の順政に似ない美丈夫だったが、配慮に生来欠けたところがあり、激昂しやすい質《たち》でもあった。

主人と家来は、正反対の性格の持ち主のほうが良好な関係を築きやすい。ともに感情の起伏が激しい、信長と弥三郎の手が合うはずも無かった。

何かの才覚に恵まれてさえいれば、まだ良かったのだろう。しかし外見しか取り柄の無い小姓は見目形の美しさが匂い立つ十代を終え、二十歳を過ぎ、三十路を迎えて容色の衰えを隠せなくなった時、完全に主君の関心を失う。加藤弥三郎は、その典型だった。

三十を過ぎてもなお、小姓以上に出世が望めない。憂《うれ》いを募らせた弥三郎は永禄十二年冬、岐阜城中で思わぬ事件を引き起こした。

織田家の重臣であった赤川景弘《あかがわかげひろ》を白昼堂々、斬殺してしまったのである。単独での凶行ではない。小姓仲間の山口飛騨守《やまぐちひだのかみ》、長谷川橋介《はせがわはしすけ》、佐脇藤八郎《さわきとうはちろう》の三人と手を組んで事に及んだのであった。

四人の小姓たちが懲罰《ちょうばつ》を逃れるべく、直ちに隣国の三河に出奔《しゅっぽん》してしまったため騒ぎは大きくなり、信長は当然ながら激怒した。言うまでもなく、分限者《ぶげんしゃ》の加藤父子は信長に陳謝するとともに多額の上納金を贈ったが、事件から三年を経た現在も、信長の怒りは収まっていないという。

このため順盛は暴君の怒りを和らげる一助として、夜に日を継いで三十郎に兜鉢を造らせ、せっせと献上に励んでいたのだ。

(ふざけやがって)

三十郎がこれほどまでに憔悴《しょうすい》しているのも、元を正せば豪商の馬鹿息子の短慮が原因なのである。金に物を言わせて献上兜を造らせ続けたあげく、信長の機嫌を取る余地が無いと判明するや、今度は家康を懐柔《かいじゅう》するために三十郎を利用しようというのだ。

「旦那方」

新之助は素早く仁王立ちになり、啖呵《たんか》を切った。もはや我慢の限界であった。

「ちょいと、勝手が過ぎるんじゃありませんかい」

「無礼者！」

脇に控えていた順政が、すかさず立ち上がった。

動じることなく、新之助は言い返す。

「無礼なのは、あんたらのほうじゃないんですか」

「おのれ、下郎《げろう》」

「生憎《あいにく》ですがね、俺ぁ国を捨てた身だ。旦那方がこの熱田の分限者だろうが、織田の

殿様とつながりがあろうが、怖くも何ともねえんですよ」

ひとたび付いた勢いは止まらない。

風采の上がらない顔を引き攣《つ》らせながら、順政は叫んだ。

「不出来な弟を持ったために、私がどれだけ苦労しているのか、お前のような根無し

草に分かるか！」

「ああ、分からねえよ」

「いいか！　儂はもともと、商売などやりたくは無かったんだ。織田のご家来衆に取り立てられた弟がどんなに羨ましく、歯がゆかったか……。そのあげくが勝手に刃傷沙汰を起こして出奔《しゅっぽん》だっ。一番辛いのは、この儂なんだぞ！」

「武家奉公が羨ましけりゃ、家なんざ捨てちまえばいいだろう」

「それができれば、こんな家にはおらぬ！」

新之助と順政は、正面切って怒鳴り合う。互いに、一歩も引く様子は無かった。

その時だった。

「もう、やめてくださいっ」

絶叫すると同時に、三十郎が二人の間に割り込む。鍛冶仕事で鍛えた剛力は、怒り狂う男たちを大人しくさせるには十分だった。

荒い息を吐《つ》く新之助と順政を引き分け、三十郎は上座に向き直った。

「大旦那様」

「三十郎っ」

止めようとする新之助に構わず、三十郎は順盛のもとに膝を進めた。

「友の非礼、平《ひら》にご容赦《ようしゃ》ください」

「構わぬ」

存外《ぞんがい》に、返ってきた声は穏やかなものだった。

「思わぬところで順政の本音が聞けて、儂も目が覚めたようだ。弥三郎を武士として出世させるのに入れ込みすぎて、儂はいささか周りが見えなくなっていたようだの」

「父上……」

茫然とする順政に向かって重々しくうなずくと、老父は厳《おごそ》かに言った。

「やはり三十郎と用心棒殿には、三河に行っていただこう」

「それじゃあ、話が違う……」

「最後まで聞くがよい」

色めき立つ新之助を制し、順盛は言葉を続けた。

「頼みたいのは、弥三郎に会い、あやつの気持ちを確かめることじゃ」

三十郎は、不思議そうに順盛の顔を見ると言った。

「弥ぁさん、いえ、弥三郎…様は、信長公に再びお仕えしたいのではありませんか」

「それは、儂の勝手な思い込みに過ぎん」

順政の声は、明らかに弱々しかった。

「累代《るいだい》のしきたりとして、ただ二男だからということで殿の小姓に出仕させはしたがな、あやつの心は他のところにあったのかも知れん。この順政が商人ではなく、武士として働きたかったというのと同様にな、……」

老人の瞳には、深い後悔の色が浮かんでいた。

しかし、若い新之助には、分限者ゆえの苦悩を察する余裕など無い。

「で、もしも主持ち侍になりたくないってことなら、どうするんです」

「新之助、控えろ」

ずけずけと問う友に、三十郎はまたも慌てた。

「よい、よい」

穏やかに手を振り、順盛は続けて言った。

「侍が嫌ならば商人になって出直せばよい。また、あくまでも弓矢取る身として主君に仕えたいということならば、是非もあるまい。その時は本人が望む通り、好きにさせてやってくれ」

「大旦那さま……」

「よしなに、頼むぞ」

加藤順盛は、白髪頭を深々と下げた。

順盛の意を受けて、三十郎と新之助は城下の武家屋敷を訪れた。

しかし、二人が訪ね当てた先に目指す相手はいなかった。

しかも、匿われていたのは屋敷ではない。城下町の外郭に設けられ、共用の木戸を老いた番士が一人で守っているだけの、軽輩の家士向けの組長屋に過ぎなかった。

「知らん、知らん！」

応対に出た番士は、弥三郎の名前を出したとたんに怒鳴り散らした。

「何もせずに捨て扶持《ぶち》を頂戴《ちょうだい》して、遊び歩いておるだけでも腹立たしいと申すに‼」

「で、どちらへ遠出されたんですかい？」

あっけに取られる三十郎を押しのけ、新之助は番士に永楽銭を握らせた。

「……伊勢見物に、行きおった」

不承不承答えると、番士は木戸内に引っ込んだ。

取り残された新之助と三十郎は、途方に暮れるしか無かった。

「どうにもならんな」

三十郎の口から、溜め息まじりの言葉が漏れる。

だが、一方の新之助はまだ、やる気を失っていなかった。

「さ、早いとこ港へ行こう」

「馬鹿をいえ。伊勢だぞ！　物見遊山《ものみゆさん》で行きたくなる名所など、ごまんとある。見つかる当てなどあるものか」

「案ずるな」

新之助は、動揺している三十郎の肩を、思いきり叩いて言った。

「伊勢のこたぁ、隅から隅まで知ってるぜ」

自信に満ちた新之助の表情が、ちらりと曇る。

今、伊勢に足を踏み入れるということは、捕まりに行くのと同じことなのだ。

（先生が一緒にいてくれたら、心強いんだがな……）

新之助は心中で、そう思わずにいられなかった。

第七章　四人の刺客

一

巽新之助が無二の友を伴い、再び伊勢を目指した頃――。

林崎甚助重信は、霧山城の牢獄に留め置かれていた。

今日で、ちょうど三日目になる。

逃げ場を失ったあげく、力尽きて捕らえたのでは無い。織田信長に実質上の支配権を強奪されて以来、北畠家が設置した伊勢国内の関所はすべて廃止されている。本気になれば、あのまま城下を離れるのは十分に可能だった。

重信が逃げなかったのは、豊勢どのに詫びたい、という一念ゆえに他ならない。

しかし、重信のその切《せつ》ない願いが叶えられる気配は、一向に無かった。

「おぅい、飯だぞ」

粟雑炊《あわぞうすい》を運んできた牢番に、いつものように問うてみる。

「調べは無いのか？」

「おぬしの罪状は明白だ。これを食って、大人しく処刑を待っておれ」

一日一椀の食事とともに下げ渡される言葉は、判で捺したように同じものだった。

無言で雑炊の椀を受け取り、重信は黙々と箸を使う。飯を食う以外には、何もできない日々が続いていた。

とはいえ、重信には無為《むい》徒食《としょく》で日がな一日、過ごす余裕など無かった。彼は、亡き師である塚原卜伝が遺《のこ》した『鞘の内』なる、禅の公案《こうあん》めいた課題を抱えている。それは師の許《もと》を離れて幾年月、長らく忘れていた言葉でもあった。

剣聖と謳《うた》われた稀代《きだい》の兵法者は、この謎めいた三文字に何を託したのであろう。

むろん、重信は剣も禅も、まだまだ悟りを開くには至っていない、何事も修行半ばの身の上だ。

両方の道において練達《れんたつ》の域に達していた卜伝には、遠く及ばない。

しかし、何もせずにいては、前に進むことなど有り得ない。だから今日も、座禅を組むのである。

狭い牢内には他に誰もいない。聞き届けられるはずも無い命乞いを繰り返していた同房の野盗は、今朝、処刑場に引き立てられていった。

心を掻き乱されない環境に在る以上、これを生かさなくてはならない。

ひんやり冷えた石の床に両足を組み、結跏趺坐《けっかふざ》となった重信は、臍下の丹田に気を集中させていく。

欠気一息《かんきいっそく》の呼吸を行いながら、黙然と思い描いた。

（鞘の内、とは？）

単純明快に考えれば、刀身を納める場所である。が、それでは答えにならない。

（居合の場合は、どうだろうか）

やや前向きな発想に、頭を切り替えた。

刀を抜いていない状態で相手と向き合う——すなわち居合うのを前提とする重信の刀法において、鞘はきわめて重要な役割を果たす。抜刀の術は左右の手を等しく機能させることによって、効力を発揮するのだ。

とりわけ欠かせないのが、鞘を引く左手である。

慣れぬ者は右手だけを目一杯に伸ばして抜こうとするのが常だった。体格に恵まれている者の場合、確かにそうやったほうが楽であるし、わざわざ鞘を引かずとも抜き放つことができる。

だが、これでは居合にならない。何よりも、抜刀の速さが出ないからだ。鞘を捌《さば》く左手の動き。居合の要諦《ようてい》は、ここにあると重信は確信していた。

なればこそ、

(鞘なくして、俺の技は成り立たぬ)

と実感して止《や》まないのだ。

生来、重信は小柄であった。本来ならば三尺二寸三分（約九六・九センチ）の大太刀を持て余しても、不思議ではない。

その重信が長大な太刀を楽々と、しかも瞬時に抜き放つことができるのは、常に鞘口を握った左手を鞘ごと胸元まで抜き上げ、十分に引き絞っているからに他ならない。

鞘を引くのは決して楽な動作ではない。関節が堅かった重信にとっては尚のこと過酷な鍛錬を要した。

郷里の林崎明神に誓願を立てて百日の間、寝食を忘れての稽古《けいこ》に挑んだ成果として修得するに至った重信の抜刀『卍抜け《まんじぬ》』の秘技。それは、刀を安全に持ち歩くための装備品に過ぎない鞘を、刀法に生かした結果だった。

かくして余人に真似のできない秘技を身に付けた重信ではあったが、今は亡き師の卜伝が遺した言葉に何が託されているのか、それだけは、まるで分からなかった。

(常に鞘の内に納めたまま、刀を抜くな。もしや、そういうことなのか)

在りし日の卜伝は、

『すべては、鞘の内にある』

と、折に触れて重信に説き聞かせていた。

確かに、晩年の卜伝は闘争を好まず、できるだけ刀を抜かぬように努《つと》めた。

常に刀を鞘に納めておくことこそが、剣の極意。

剣聖と謳われた師が、自分に告げたかったのはその真理だったのではないか――。

(刀を鞘の内に置いたままで、敵を制すれば、誰もが人を斬らずに生きていける)

追い求めていた境地が、ようやく見えてきたような思いだった。

居合は刀を構えず鞘に納めた状態で対峙するところに、無益な命の奪い合いを避ける余地がある。最初から抜き身の刀を構えて向き合う普通の剣術の真剣勝負は、自分か敵のいずれかが倒れるまでは終わらない。

だが、居合は違う。真剣を帯びていても、いや、抜刀すれば確実に死を呼ぶ凶器を鞘の内に秘めるからこそ、敵となる可能性を持つ相手と自信を持って相対《あいたい》し、説得し、斬り合いには至らずに戦意を萎《な》えさせることができる。

卜伝が重信に遺《のこ》した「鞘の内」とは、剣は殺人の道具に非《あら》ず、という教えだったのだ。

しかし――と重信は思い悩む。

平和な世であれば究極の理念といえるだろう。しかし、今は戦国乱世。人を斬らずには、生きていけない時代なのだ。

農民とて田畑を耕すだけでは食えず、合戦に乗じた落ち武者狩りで稼いだり、雑兵に身をやつしての乱取り、すなわち占領地での略奪行為に走るのが常識となっている。兵法者であれば尚のこと、斬人を避けては通れない。

この乱世に在って、剣の技は実用に供せられるのが前提である。各地で諸大名間の勢力争いが絶える気配を見せない昨今、剣技の需要は高まる一方だ。

主君を持とうとする限り、兵法者は人斬りとして酷使されることを避けられない。そして、人斬りとは数を重ねれば重ねるほど、手慣れれば手慣れるほどに、自己嫌悪が深まっていく行為である。

合戦場においては、いわずもがなだ。

（もう、人斬りはやりたくない）

そう思ったからこそ重信は、上杉家に連なる武術師範の座を捨て去り、放浪の旅に出たのだ。

（紀昌《きしよう》への道は遠いな……）

唐土《もろこし》（中国）、趙《ちよう》の故事に伝わる弓の名手の話を、重信は思い出していた。

常人の域を越えた修行の果てに妙技を極めはしたものの、その技を誰にも伝えようとせず、二度と弓を手に取らないまま余生を送った名人の紀昌は晩年、弓という武具そのものの名前すら、忘れてしまうに至ったという。

前半生も含めて、人一人とて殺すことなく、天寿を全うしたのだ。

（戦乱の打ち続く唐土に在って、よくもそんな生き方を貫くことができたものだ）

重信は、感心して止まない。

だが、今の自分にはできない相談だった。剣で身を立てんと志す以上、いかに避けようとしても、人斬りの宿命は常につきまとう。

この乱世で人を斬ることなく己の剣技を完成させ、同時に生計の道を立てることは可能か、否か――。

半眼のまま、重信は長い溜め息をついた。

二

この時、己の行く末を見失っている男が、もう一人いた。

「糞」

加藤弥三郎は、腐っていた。

定刻通りに約束の場所へ到着したのはいいが、小半刻（約三〇分）を過ぎても、誰も現れない。人目に付かないように書状に記されていた待ち合わせ場所――鈴鹿山中の観音堂《かんのんどう》は周囲にやたらと蚊が多く、ただ座っているだけでも苦痛だった。

「ぼやいておる場合ではないぞ、加藤っ」

朋輩のひとりである山口飛騨守が、厳しい口調で加藤をなじった。

飛騨守といっても、飛騨国に所領を有している訳ではない。父祖が朝廷から飛騨守《しゆ》護職《ごしよく》の受領《ずりよう》名《めい》を授ったというだけのことで、今は弥三郎と同じ、一介の牢人だった。

山口の物言いは、常に不満を孕《はら》んでいる。

「おぬしを信じて、伊勢くんだりまで付いてきた拙者が愚かだった」

黙ったまま、弥三郎は山口をにらみ付けた。構わず、山口は喚《わめ》き散らす。

「そもそも、おぬしの兄者は熱田一の分限者だろう。織田家に戻りたいなどと考えずに財産分けでもしてもらって、商人になれば良いではないか？　どうして、そこまで主持ち侍の立場にこだわるのか！」

「……」

「都合が悪くなれば、だんまりを決め込むのか。これだから商人上がりは嫌いなんだ」

嵩《かさ》にかかって、山口は一喝《いっかつ》した。

「赤川殿の死で得をしたのは、結局お前の家だけではないか、加藤！」

「いいかげんにせい！」

「悩んでいるのは、お前だけではないのだぞ！」

傍らにいた二人の武士が、山口を怒鳴り付けた。

長谷川橋介、そして佐脇藤八郎。弥三郎が織田信長に小姓として仕えていた当時の朋輩である。長谷川、佐脇、山口の三名は三年前、弥三郎に手を貸して、織田家累代の重臣だった赤川景弘を斬殺した。

弥三郎を快く思わず、信長に讒言《ざんげん》を吹き込んでいたことに対する報復であった。

赤川家は元来、弥三郎の実家である加藤家とは犬猿の仲である。

殊《こと》に、当時は熱田社の礼銭を巡っての対立が絶えず、赤川景弘は信長から格別の恩顧を受けていた加藤家に対する恨みから、讒言に及んだふしがある。

弥三郎が一連の事情を承知の上で凶行に及んだのは、景弘さえ亡き者にすれば加藤家の利権は守られ、父と兄が十分な見返りを与えてくれると踏んだからだった。

当時の弥三郎は、自分の置かれた立場に辟易《へきえき》していたのだ。

いつまで経っても小姓のまま、三十を過ぎても一向に出世が望めない。だが、その鬱積《うっせき》した不満を爆発させたのは、いかにも軽率だった。朋輩たちを巻き込んで景弘を斬り、岐阜城下から遁走したところまでは良かったが、かつての立場が烏有《うゆう》に帰した現状は、決して満足のいくものではなかった。

今川家の人質だった当時、幼い家康の世話を焼いたこともある父の順盛の仲介で徳川家に身を寄せたものの、家来一人付けてもらえるでない食客の扱いでは、気詰まりなことこの上ない。三年前の短慮を悔いる気持ちになったのも、自然なことであった。

(信長さまのお側に、もう一度お仕えしたい)

今の弥三郎は起き伏しに、心からそう念じるようになっていた。

しかし、山口は違うらしい。

「拙者は、いや、俺はもう、侍の暮らしには愛想が尽きているんだ」

山口は言った。名前だけとはいえ、格式の高い家の出らしからぬ言い種《ぐさ》だった。

「滝川一益殿の筋からの頼みというのが本当かどうか知らんが、やりたければおぬしたちだけでやればいい。俺は知らん、知らんぞ！」

山口がそうわめいた次の瞬間、長谷川と佐脇が声を揃えて反論した。

「弥三郎の苦しい胸の内が分からんのか」

「仲間を抜けたければ、さっさと抜ければいいっ」

二人とも、まさに刀を抜きかねない勢いである。長谷川と佐脇が弥三郎を弁護するのは、弥三郎同様、優秀な兄を持ったがための劣等感に苛《さいな》まれた結果、凶行に及んだからに他ならなかった。

三対一では、さすがに山口の旗色は悪い。

「分かった、俺が悪かった」

不服そうに頭を下げる山口に、弥三郎は告げた。

「この仕事さえ成し遂げれば、遅《おそ》まきながら、我々は間違いなく織田家への帰参《きさん》が叶うのだ。左様心得て、助勢願いたい」

「……それほどまでに、帰参したいか」

「ああ」

不審そうな山口の問いに、弥三郎は力強くうなずいて見せた。

ようやく話がまとまりかけた時、四人の男たちは、突然背後から、声をかけられた。

「不用心だな、貴公たち。口なお乳臭いと誹《そし》られても、それでは仕方あるまい」

慌てて振り返る四人の眼前に立っていたのは、色白の若い武士だった。

長大な大太刀を帯びた武士は、妙になまめかしい赤い唇を動かしながら告げてきた。

「刺客《しかく》は、隠密裏に動けなくては用を為さぬ。よく覚えておけ」

三

重信は座禅を解き、静かに立ち上がった。

鞘の内の真理にこそ到達できなかったが、心の中は澄み渡っていた。

(我が身の運命は、己の力で切り開くしかあるまい)

このまま幽閉《ゆうへい》されていようとも、信じていれば必ずや、道は開ける。

心さえ定まれば、憂える必要など有りはしなかった。

肩幅の広さに両足を開いて立ち、手刀を真剣に見立てて抜き打ちの稽古を始める。

そこに乱れた足音が聞こえてきた。

「林崎甚助重信！　出ませいっ」

いつもは感情を面《おもて》に顕《あら》わさない牢番が、息せき切って駆け込んできた。

「何事か」

静かに問うた重信に、牢番は告げた。

「大殿さまの、お召しであるぞ」


多芸御所の主殿に通されるや否や、待っていた北畠具教は深々と頭を下げた。

「この通りじゃ。重ね重ねの非礼の段、許してくれい」

重信は面くらった。ともあれ、状況がどう動いたのかを確かめなくてはならない。

「頭をお上げください」

続けて、重信は問うた。

「東雲角馬の口上は事実無根と申し上げた拙者の訴え、お聞き届けくださったのでございますか」

「むろんだ」

即答した具教は、一転して苦々《にがにが》しい表情を浮かべた。

やがて、具教も意を決したらしい。続いて口から出た言葉は、意外なものだった。

「体裁《ていさい》など、取り繕っておる場合ではあるまい……。東雲角馬は、具豊の配下、三郎《さぶろう》兵衛《べえ》めの手の者と判明した」

意表を突いた言葉に、重信はわずかに驚いたが、すぐに思い当たるところがあった。

（ならば織田の兵と謀《はか》ることなど、造作もないはずだ）

もともと新之助を捕縛するために敷かれていた包囲網に加わり、標的を重信に切り替えた角馬の指揮は、かかる理由に裏付けられていたのだ。

実は、重信は与《あずか》り知らぬことであったが、滝川三郎兵衛は北畠家の縁戚に当たる木造家の子弟でありながら、陰で具教を裏切っていた奸物《かんぶつ》だったのである。織田方に取り入って具豊の走狗《そうく》と化した三郎兵衛が放った密偵。それがあの東雲角馬だったのである。

「して大殿、あやつは今、何処《いずこ》に」

「正体が露見《ろけん》したとたん、身を隠しおったわ。三郎兵衛の使いと会《お》うている現場を見届けさせた儂の小姓を、大太刀で斬り捨ててな」

「大太刀？」

「おぬしが手にかけたと称していた鳥屋尾の家人だが、あれは、角馬めが野太刀流の技で為したことなのだ」

「何と……」

重信は、思わず言葉を失った。

あの恐るべき小太刀の妙技は、角馬にとっては余技に過ぎなかったのだ。

合戦場で最大の効力を発揮する、三尺余の大太刀を駆使する術。それが東雲角馬の得意とする、本来の剣なのである。

(怪物だ)

久しぶりに覚える戦慄《せんりつ》だった。

しかし、態度に出すわけにはいかない。

「林崎、この通りじゃ」

具教がまた深々と頭を下げたからである。

「恥の上塗りと承知の上で、重ねて頼む。こたびの我が家中の不始末、どうか火種を消し去ってくれい」

「……それは、東雲角馬を討てとの仰せにござるか」

「頼むっ」

「…………」

重信は黙《もく》して目を閉じる。

それは重信自身のためにも、為さねばならないことだった。

四

加藤弥三郎ら四人の元小姓たちが案内された先は大河内城。北畠具豊、つまり織田信長の二男である茶筅丸の居城だった。

鈴鹿山中から四人を連れてきた色白の若い武士は、いつの間にか姿を消していた。

「そのほうら、久しいのう」

大広間に通された四人を前に、具豊は切れ長の目を細めた。噂に違わぬ美童ぶりではあったが、美々《びび》しく整った造作にどこか嫌らしさを感じるのは、この若者が相手に応じて態度を切り替える、小賢《こざか》しい質《たち》だからだろう。

今も口ぶりだけは懐かしそうに装ってはいるが、実際のところは何の感慨も抱かず社交辞令を述べているに過ぎない。口に蜜あり腹に剣ありとは、こういう輩《やから》のことを言うのであろう。

「その後、苦労が絶えぬようだの」

上座に就いた具豊は、気の毒そうに言った。同情に満ちた口ぶりだが、涼やかな目は無感動に、冷たい光を放つばかり。平伏したままの四人は気づいていない。

具豊は沈痛《ろう》な面持ちを装いながら、言葉を続けた。

「讒言を弄《ろう》した赤川めに非があったにもかかわらず、そのほうらのみが悪者にされて岐阜城から追われたのは、誠に気の毒であった」

「お、恐れ入ります」

弥三郎たちは更に深々と頭を下げる。これでは美童の薄汚い素顔など見えるはずもなかった。

「うむ、うむ」

鷹揚《おうよう》にうなずいた具豊は、小姓の一人に手を振ると同時に、下座へと呼びかけた。

「三郎兵衛、近《ちこ》う」

「ははっ」

呼ばれて歩み出たのは、二十歳そこそこの僧形の若者だった。僧形といっても華奢《きゃしゃ》な貴人ではない。浅黒く日焼けした肌、そして引き締まった筋肉から若い男の精気を匂い立たせる、剽悍《ひょうかん》な若武者だった。袈裟《けさ》を着け、形の良い頭を青々と剃り上げてはいたが、たとえ戦陣にその姿を列ねていても、まったく不自然ではない。

そこに先程の小姓がうやうやしく、三方《さんぼう》を捧げ持って入ってきた。四通の書き付けが載っている。

禿頭《とくとう》を深々と下げ、僧形の若者は書き付けを受け取る。もちろん小姓に対してではなく、具豊の手に成る書状への礼だった。

六尺豊かな若武者が、下手くそな腰折れ文に平身低頭する様《さま》は、滑稽《こっけい》に見えぬこともない。しかし、当人は大真面目であった。

「後は、よしなに頼むぞ」

それだけ告げると、具豊は席を立つ。もはや弥三郎たちのことなど見てもいない。

すると三郎兵衛は具豊に代わって、その場を仕切り始めた。

「ここは、もう良い。下がっておれ」

速やかに小姓たちを退出させると、大広間は三郎兵衛と弥三郎たちだけになった。

三郎兵衛は上座に腰を据え、無遠慮な視線を四人に向ける。

「ふん……どいつもこいつも、痩せっぽちだの」

舐《な》めきった口調であるが、賢《さか》しらげな様子はない。木造家内部の骨肉《こつにく》相はむ死闘を生き延びた三郎兵衛の言葉は過酷な経験に裏打ちされた、絶対の自信に満ちていた。

「刺客《しかく》に仕立てるには、いささか役不足かな」

三郎兵衛は事もなげに言い放った。

（ふざけおって）

弥三郎は面白くない。明らかに自分たちより一回り年下の三郎兵衛に、横柄に振る舞われては腹立たしいのも当然だろう。まして弥三郎は、生来の短気者である。同類の山口も、やはり同じ心境だったらしい。満面に朱を注いでいた。

「おぬし！」

怒気を含んだ顔で口を開きかけた瞬間、扇子の一閃が飛んだ。

「ぐわ」

たちまち、山口は苦悶の声を上げて転倒する。

護身用の鉄扇《てっせん》などではない。どこにでもある渋紙と竹骨で揃えたものだ。にもかかわらず、山口の額からは一筋の血が滴り落ちていた。

打撃を浴びせる瞬間に、小指と薬指を引き締め、大きく弧を描いて振り下ろすことで遠心力を込める。いわゆる巻いて打つ技法を用いた結果だった。

何事もなかったように扇子を納め、三郎兵衛は無表情でつぶやく。

「おぬしたち、織田の大殿に再びお仕えしたいのであろう。ならば、首尾よう鳥屋尾めを討ち取ることだけを念頭に置いてもらわねばな。窮《きゅう》すれば通じるなどという甘い考えでは、帰参しても物の役には立つまい」

「……して、手筈は」

努《つと》めて冷静に問うたのは、四人の中では最も年若い佐脇だった。年下とはいえ当年二十九歳。眼前の三郎兵衛は、どう見ても二十二、三といったところだ。やはり胸の内では屈辱を覚えずにはいられなかった。

(もしも兄者《あにじゃ》が、この様を見たら……)

五歳違いの兄で信長の覚え目でたく、忠臣として活躍する前田利家《まえだとしいえ》のことを、佐脇はちらと思った。同じ小姓上がりでも、賢兄と自分の間には天と地の格差がある。だが今は、この状況に甘んずるよりなかった。

「どうぞ、お答えくだされい」

血を吐くが如き、佐脇の問いかけだった。

「手筈とな」

三郎兵衛は目で薄く笑うばかり。自分は功成《こうな》り名遂《なと》げたと信じる輩が敗者と見なした相手に対してよく浮かべる、顔で人を切った表情であった。

四人の元小姓が憮然《ぶぜん》として大河内城を辞去したのは、未《ひつじ》の刻(午後二時)を過ぎた頃だった。

「あやつ、このままでは捨て置かぬ！」

血止めの手ぬぐいを巻いた山口が、悔しさ一杯に声を荒らげる。

「止《や》めておけ」

最年長の長谷川が止めるのも、無理はなかった。

今度の仕事の絵図を描いたのは、織田家随一の策士である滝川一益。

伊勢の北部に居城を構え、信長の期待を背負って北畠家滅亡の好機到来を虎視眈々《こしたんたん》と付け狙う一益は、具教累代の重臣たる鳥屋尾石見守が、武田信玄との同盟の締結に奔走している事実を押さえた。

かくなる上は一刻も早く鳥屋尾を始末し、事を露見させる必要がある。そこで刺客として弥三郎らに白羽の矢を立てたのだ。一益は織田の家中で発言権が強い。信長への取り成しも、十分に期待できると思わせるだけの人物なのだ。

うまくいけば、織田家に戻ることができる。四人の元小姓に、断る理由は無かった。

暗殺の報酬として織田家再出仕の約定《やくじよう》を交わした若僧の名前は、滝川三郎兵衛という。一益の寵愛を受けて養子に迎えられた、具豊の重臣であった。

若僧とはいえ、四人にとっては大切な雇い主である。茶菓《さか》も出してもらえずに送り出されたとはいえ、表立って文句を言うわけにはいかなかった。

「とにかく早々に出立いたそう。思案投げ首をしておる暇は無いぞ。旅程の差はわずか二日。急がねばなるまい」

弥三郎は、決然と朋輩たちに告げた。四人は互いにうなずきあった。

この時、足早に去り行く一同の背中を、黙って見送る男がいた。

「刺客か」

背負った大太刀を揺すり上げ、その男はひとりごちる。

「血気に逸《はや》って成し遂げられるほど、甘い仕事でもあるまいに……」

重信との勝負を望みながら一度は助けた、あの若者——佐々木小次郎その人であった。

五

同じ頃、多芸御所でも事は旦夕《たんせき》に迫っていた。

「角馬を倒し、鳥屋尾を守れるのは、おぬしを置いて他にはおらぬ。な、頼む」

北畠具教は、徹底して低姿勢を貫いていた。

(獅子心中《しししんちゅう》の虫の始末を押し付けるとは、都合が良すぎる)

驚きが去れば、角馬の二心《ふたごころ》を見抜けなかった具教の短慮に対する怒りがふつふつと湧いてくる。とんだ呑舟《どんしゅう》の魚であった。

口に出すのは憚《はばか》られたが、もとより北畠家に恩義も何もない重信にしてみれば、いっそ具教自身で片を付ければ良いのではないか、と思えてならなかった。

重信の心中を知ってか知らずか、具教は、その本音を明かした。

「事は内密を要するのじゃ。武田家との同盟は、いわば我が北畠一門の切り札。信長めに察知されれば、勝てる戦も勝てなくなる」

平時は思うところを曖気《おくび》にも出さぬくせに、いざ窮地に追い込まれれば臆面もなく助勢を乞う。重信の堪忍袋の緒も、さすがに切れた。

「そもそも東雲角馬をお気に召されたのは大殿でございましょう。失礼ながら、御身でご成敗《せいばい》なさるのが道理ではないかと存じます」

「む……」

押し黙る具教の顔に、怯えの色が浮かんだ。

逆捩《さかね》じを食わされたのに、怒りもしない。

（もしや、そういうことなのか）

重信は悟った。

具教もまた、角馬の剣が怖いのだ。余技の小太刀を振るうだけで、並居る御前試合の出場者たちを寄せ付けもしなかったのである。本技の大太刀ともなれば、その腕前は想像もつかなかった。

(剣豪大名と呼ばれた御仁でさえ、臆することがあるのか)

無二の達人とて、老いれば死馬《しば》の骨と化すのだ。

ようやく、重信は幻影から解き放たれた思いであった。

哀れとも思えてきたが、安請け合いはできかねる。

そんな重信の心中を知らず、具教はすがるような目つきで問いかけた。

「おぬし、野太刀流を知っておるか」

「合戦場での太刀打ちに重きを置いた、新興の流派と聞き及んでおります」

それが野太刀流に関して、重信の知るすべてであった。確かに恐ろしい相手だが、未知の技だけに尚のこと、戦ってみたい気持ちも正直あった。

角馬には貸しがある。千秋《せんしゅう》の恨みと言ってもいい。斬るか否かはともかく、兵法者として決着を付けるべきなのだろう。

しかし、相手は自分と同じ大太刀の使い手、しかもかつてない強敵なのである。刃を交えて、無事で済む可能性は限りなく低い。

（心ならざることで落命しては、申し訳が立たぬ）

重信は新之助と、そして佐々木小次郎を想った。

片や、弟子。

片や、好敵手。

いずれも重信にとって、初めてそう呼べる存在だった。

彼らが再会を心待ちにしてくれている以上、重信には生き残って約定を果たす義務があるのだ。

ここは、やはり断るしかあるまい。となれば、豊勢とのことを包み隠さず明かしてから立ち去るのが、礼儀であった。

「大殿」

「うむ」

具教は重信の表情から、何と言われるか見て取ったらしい。

見返す顔は落胆に満ちていた。強いて命じることはできないと、自覚しているのだろう。何しろ具教は角馬の讒言《ざんげん》に乗せられ、己の嫉妬も加わって、一度は重信を誅《ちゅう》殺《さつ》させようとしたのである。君臣《くんしん》の契《ちぎ》りを先に反故《ほご》とした以上、もはや重信に命令を下す権利は無かった。

「東雲角馬追討《ついとう》の任、謹《つつし》んでお断りいたします」

案の定、具教は無言だった。構わず、重信は続けて問うた。

「ひとつ、大殿におうかがいしたい儀がございます」

「申せ」

「豊勢殿のことでござる」

「豊勢とな」

「はい」

重信は真摯《しんし》な態度で言った。

「拙者は徒《あだ》おろそかな気持ちで、豊勢殿と情を交わしたわけではござらぬ。願わくば妻として迎えたく、改めてお願い申し上げます。どうか、お許しを」

畳みかけられ、ようやく事情を解したらしい。

具教は、申し訳なさそうに答えた。

「豊勢ならば、もはや多芸御所にはおらぬ」

「何と……。まさか、放逐なされたのか」

思わず重信は言葉を荒らげた。

「心得違いをいたすでない」

具教は慌てて言った。

「鳥屋尾に同道して、甲斐へ出立したのだ。一昨日《おととい》のことぞ」

「何と……」

重信は驚愕した。

豊勢が同行した鳥屋尾石見守とは、角馬のつけ狙っている相手ではないか――。

「あれが三条家に所縁《ゆかり》の者であることは、存じおろう」

具教は、淡々と説き聞かせる。

「おぬしが捕われたと知り、心を定めたらしい。突然、三条殿の御霊《みたま》を弔《とむら》うため甲斐へ参りたいと申し出て参ってな」

重信は、努めて冷静に問うた。

「鳥屋尾様のお供は、何人でござるか」

「隠密行《おんみつこう》である故、若党二名に荷物持ちの小者を四名付けたのみだが……」

少なすぎる。戦えるのは主従合わせて、わずか三人。角馬とその手勢にしてみれば赤子の手をひねるようなものだろう。

「……大殿」

重信は、三たび具教に言上した。

「角馬追討の任、お引き受けいたしまする」

「まことか!?」

「皆までお聞きくだされ」

具教の言葉を遮り、重信は言った。

「これは、手前自身の意志ゆえのこと。褒賞《ほうしょう》はご無用に願いまする」

六

多芸御所を出た重信のことを、待っている者がいた。

「おぬし、甲斐へ行くのか」

三尺余の大太刀を背負った美剣士、佐々木小次郎である。

重信は何も答えず、黙って通り過ぎようとする。

だが、こういう真っ正直な者ほど、心の内を読まれやすい。

「北畠家に、もはや明日はないぞ。それでもおぬし、手を貸すのか」

「…………」

「主持ち侍でもないのに、命を懸ける理由は何だ」

沈黙を貫く重信に、小次郎は悪戯《いたずら》っぽい笑みを浮かべて見せた。

「ははぁ、女か」

耳まで真っ赤になったのをからかうように、小次郎は言葉を続ける。

「東雲角馬の抜き付けは速いぞ。下手《へた》を打てば、相打ちになるやも知れんな」

口調こそ軽かったが、表情は真剣だった。

応じて、重信は淡々と答えた。

「それでも、戦わねばならぬ」

「命を賭《と》してまで、守りたい女なのか」

「ああ」

「妬《や》けるな」

肩を並べて歩きながら、小次郎は笑って言った。

その笑顔を見た重信は、釣られたかの如く問いかけた。

「あの男の太刀筋、おぬしならば、どう防ぐ?」

「決まっておろう。何を措《お》いても、まずは初太刀を制することだ」

「それはもとより承知の上だが……難しいな」

「情けないことを申すでない」

小次郎は重信の肩をどやしつける。細身の体に似合わず、相当な力だった。

思わず苦悶《くもん》の表情を浮かべた重信に、小次郎は凄《すご》んだ声で告げた。

「……おぬしの相手は、角馬だけでは無いのだぞ」

「何っ」

「今日、大河内城に四人の牢人が招かれた。三年前まで信長に仕えていた、小姓たちだ。頭《かしら》は加藤弥三郎とかいう、熱田の豪商の二男坊でな」

重信は小次郎の言葉を黙って聞いている。思いがけない話であった。

「こやつらは三年前、岐阜城で信長の重臣を刺し殺した連中よ。出奔してみたはいいが、主持ち侍の暮らしが恋しくなったのだろう。具豊めの甘言に籠絡《ろうらく》され、織田家への再出仕を餌に、まんまと釣られおった」

「どうして、そんなことまで知っておるのだ」

「ははは。拙者の目は、あちこち見通すことができるのさ」

重信は驚いた顔で、小次郎を見つめた。

(こやつ、間者《かんじゃ》か)

重信の疑念に構わず、小次郎は言葉を続けた。

「角馬と元小姓たちが行動を共にしておるのか、それとも別々に仕掛けてくるのかまでは分からぬ。したが、刺客を二段構えにしているのは間違いあるまい」

「……良いのか、左様なことを明かしても」

「北畠家のために働くと答えていたら、黙っていたさ。無駄死にをしたがる奴と勝負をしたところで、面白うも何ともない故な」

「かたじけない」

礼を言った重信は、思い出したように申し添えた。

「おぬしとの約定、果たせぬ折は許せよ」

「これ、左様なことを申すでない」

「命があったら、決着を付けようぞ」

それだけ告げると、重信は足早に歩き去った。

去りゆく背中を見送る小次郎の前に、一人の物乞《ものご》いが立ちはだかった。

「持ち場を離れるつもりですかい？」

重信ほどではないが、背が低い。左手には、巻いた筵を無造作に抱えている。

「貴公、ご自分の立場をお忘れではございませんかな」

どうやら、重信との会話を聞いていたらしい。

顔に巻いた白布の下から、物乞いは険しい視線を向けてくる。鍛え抜かれた、兵法者の目だった。叱責の色を孕《はら》んだ目の色にも動じず、小次郎は変わらぬ口調で答えた。

「報告ならば、疾《と》うに急使を走らせておいた。北畠家と武田家の同盟、遠からず成立の見込みあり、とな」

面倒くさそうに言うと、小次郎は歩き始めた。城下町ではなく、重信が発《た》った方向――街道へと向かったのである。

「待て！」

周囲に人影が無いのを確かめ、物乞いは一喝すると同時に茣を放り捨てた。次の瞬間にはもう、隠されていた半太刀《はんだち》を構えていた。しかし小次郎は歩みを止めなかった。

「俺を斬ったら、朝倉《あさくら》の殿が困るぞ」

背中越しにそう告げて、小次郎は悠然と遠ざかっていく。懐には路銀も携帯食も十分に備えている。密偵を務める身にとっては、常日頃からの心がけであった。

七

伊勢と甲斐の間は、直線距離で五十里（約二〇〇キロ）強。しかも道中には連なる山々に河川と、数々の難所が控えている。まして足弱《あしよわ》の女を連れての旅が、容易《たやす》いはずがなかった。

　一行を率いる鳥屋尾石見守にしてみれば、足手まといとしか思えない。

　だが亡き三条夫人の菩提《ぼだい》を弔《とむら》いたいと願い出た豊勢は、信玄公のご機嫌を取るのに恰好《かっこう》の存在だった。ここは我慢して、女を無事に送り届けねばなるまい。今の北畠家にとって、武田家と手を組むことは一刻を争う課題なのだ。

　織田信長が送り込んだ具豊は成長するに伴い、伊勢国内の実権を完全に掌握《しょうあく》せんと胡乱《うろん》な動きを見せつつある。北畠具教より内示を受けた鳥屋尾が、武田家と密かに書状を取り交わしていると察した具豊の反応は、実に迅速だった。

　忠実な懐刀《ふところがたな》である滝川三郎兵衛に命じ、使者を暗殺させたのは北畠家に対する無言の恫喝《どうかつ》に違いあるまい。自ら甲斐へ向かう以上、生命の危険は覚悟の上であった。

　四十を過ぎたとはいえ、鳥屋尾も歴戦《れきせん》の北畠武士である。同年輩の具教には及ばぬまでも、剣の腕には相応の自信があった。故に護衛を断り、目立たぬようにと若党と小者だけを伴って、甲斐へ発ったのだ。

　我が身だけを守るならば、何とかなるだろう。しかし豊勢が一緒である以上、万が一の際には陣頭に立ち、警護役も果たさねばならない。

「まだかの」

鳥屋尾は、しきりに後ろを振り返り、不機嫌そうな声を上げた。せめて足並みだけは揃えてもらわねば、いざという折にも目が届かない。

豊勢の足が遅いのも当然だろう。多芸御所で飼い殺しにされていた折でさえ、外出することなど皆無に等しかったのだ。いきなり山道をまともに歩けるはずがない。

分かっていても鳥屋尾は苛立たずにいられない。物見遊山《ものみゆさん》の旅ではない以上、焦《あせ》りが募《つの》るのも無理からぬことではあった。

もちろん豊勢も、のんびりと歩いている訳ではない。頭巾《ずきん》を着けた上に被った市女《いちめ》笠《がさ》が、いかにも重そうに見えた。

（健気《けなげ》な……）

さすがに鳥屋尾も気の毒になってきた。だが人目を忍ぶ道中に馬を仕立てることはできない。ここは耐えてもらって、山越えをさせるしかないのだ。

豊勢は、汗まみれの顔をふと上げた。夏の日射しは今日も変わらずきつい。その日射しをしのぐための笠が、今は荷物になってしまっている。

そして疲労感以上に、後ろ髪を引かれる想いが強い。その想いこそが、彼女の歩みを遅らせているのかも知れなかった。

（重信様）

胸の内で、豊勢はそっとつぶやく。

（もう二度と、お目にはかかれないのですね……）

第八章　それぞれの死に場所

一

重信の足取りは軽かった。

三日間の牢屋暮らしの間にも、座禅を組み、刀なしでも出来る稽古を怠らずにいた甲斐あって、心身ともに弱ってはいない。すぐさま出立することにも、不安は無かった。刀の手入れも抜かりはない。

街道脇の茶屋で夕方まで仮眠を取らせてもらった後、重信は井戸端を借りた。

用いる砥石はいつも持ち歩いている、小割りにした荒砥だ。釣瓶《つるべ》に汲んだ水を足しながら、慎重に寝刃《ねたば》を合わせていく。

幅広の刃に荒砥を当てながら、重信は避けられぬ対決へと思いを馳せた。

相手は大小いずれの扱いにも習熟した、かつて相まみえたことの無い手練《てだれ》である。東雲角馬と自分のどちらが強いかは、再び刃を交えてみなければ分からない。

(とにかく、生き残ることだ)

十分に寝刃を合わせた二刀を帯び、支度は終わった。茶屋の勘定を済ませると、重信はその足で山道に分け入った。夜目が利くので、松明《たいまつ》は必要なかった。

城下町を出て三里（約一二キロ）も歩いた頃だろうか。重信の視界の隅をちらりと横切る二つの影があった。

すでに夜は更け、月は中天《ちゅうてん》に浮かんでいる。この時分に山道を徘徊《はいかい》するのは狐狸《こり》か、さもなければ野盗や野伏《のぶせ》りの類ぐらいだ。

「何者か」

鋭く誰何《すいか》すると、聞き覚えのある声が返ってきた。

「先生！　先生ですかっ」

声の主は駆け寄ってくるなり、重信の両手を取った。

巽新之助であった。節くれ立った手の甲をなで回し、懐かしそうに叫ぶ。

「間違いねえや。林崎先生ですね!!」

「よせ、恥ずかしい」

若者の無邪気な振る舞いに、重信は赤面した。

夜道を歩きながらの会話は、つい長くなる。目の前の闇に対し、不安を覚えるからなのだろう。

新之助の長話を聞き終え、重信は率直な感想を告げた。

「追われると分かっていながら舞い戻るとは、おぬしらも物好きだな」

「どうしても、先生にお会いしないと埒《らち》が明かねぇと思いましてね」

「行き違いにならなくて、幸いだったな」

重信は、続いて連れの三十郎に視線を向ける。

「おぬしの探しておる相手だが、会って何とする」

「心の内を、確かめまする」

答える三十郎の顔は、確かな決意に満ちていた。しかし、重信の内心は複雑だった。

「加藤弥三郎の話は聞いた。おぬしが期待するほど、性根《しょうね》は据わっておらぬやも知れぬぞ」

佐々木小次郎に聞いた話から察しを付ければ、自《おの》ずとそういう結論に達する。

だが三十郎にとって、それは不服な答えだったらしい。

「どうしてお分かりになるのですか」

若者らしく、感情を表に出すことを憚《はばか》ろうともしない。

「弥ぁさんと私は、幼なじみです。確かに気が短くて、何をしでかすのか分からないところはありますが、当てにならない約定に縋《すが》って刺客を引き受けるなんて、そんな根性の腐った奴じゃありません！」

この若者は、加藤弥三郎のことを信じきっているのだ。

「先生、何か間違いじゃないんですか」

横から新之助も口を挟んできた。

「刺客は東雲角馬って化け物みたいな野郎だけだと思いますよ。弥三郎さんとお仲間たちは殺しじゃなくて、囮《おとり》に雇われたんじゃないんですか」

「囮だと」

「そうですよ」

新之助は、言葉を続けた。

「鳥屋尾様のご一行は人目を忍ぶ道中で、護衛がいないんですよね。だとしたら角馬って野郎だけで十分に事は済むはずですよ。鈴鹿峠で先生が見つけなすった骸《むくろ》だって奴がひとりで仕留めたんでしょ？」

「うむ」

「弥三郎さんたちは、きっと騙されているんでしょう。いかにも刺客めいた動きを見せれば、狙われたご一行はそっちに目を向ける。その隙を突いて、確実に事を成し遂げようって肚《はら》じゃないんですか。失敗を避けるための、二段構えじゃないかと思うんですよ」

「……なるほどね」

重信は、思わず感心していた。

(こやつ、なかなかに勘が働くな)

またひとつ見出した、新之助の才覚だった。

しかし、それは三十郎にとっては面白くない推察だったようだ。

「お前、弥ぁさんを道化だとでもいいたいのかっ」

応じて、新之助も言い返す。

「落ち着いて思案しなよ。でなけりゃ、肉を割いて疵《きず》に補うような真似《まね》はしないだろ」

「言うな！」

怒りの余り、顔が赤くなっているのが夜目にも見て取れる。

「とにかく、当人に会ってみてからのことだ」

興奮する三十郎をなだめながら、重信は肚を決めた。

(自分で確かめさせるしか、あるまいよ)

上手くいけば、三十郎に弥三郎たち四人を説得してもらい、敵の描いた絵図を役に立たなくすることができるかも知れない。

自分が刃を交える相手は、東雲角馬のみ。己の行く末を決められずに迷っている者たちまで、手にかける気はなかった。

二

鳥屋尾石見守の一行を追っていたのは、もちろん重信たちだけではない。

遡《さかのぼ》ること半日、加藤弥三郎を初めとする織田信長の元小姓たち四人は、早くも津《つ》まで到達していた。途中で馬を飛ばし、一気に距離を縮めたのだ。

時間に余裕ができれば、道草を食いたくなるのは人の常である。

「良いではないか？　な、な」

山口の強硬な申し出に折れて、その夜、四人は遊女屋に登楼《とうろう》していた。

「仕方あるまい。初日から夜旅では、体が保《も》たぬ」

「そうですぞ、加藤殿。今宵は心残りのなきように、寛《くつろ》ぎましょう」

長谷川と佐脇にまで同意されては、一人だけ反対する訳にもいかない。それに勘定をけちっていると思われるのも癪《しゃく》だった。こういう時、分限者の息子というのは辛い立場である。皆の勘定まで回されても、気前の良い顔をしていなくてはならない。

(堪らんな)

三人の仲間たちが女を連れて消えた後も、弥三郎はひとり座敷で呑み続けた。相方の女は寝る気がないと察して、他の客を取りに出ていった。

ぬるくなった酒を、瓶子《へいし》から直《じか》にあおりつける。

「……刺客か」

弥三郎は後悔の念を覚えつつあった。

商売仇の赤川さえ斬れば、自分をずっと半人前扱いしてきた父も兄も認めてくれると思い定めて凶行に走った結果、一体何を得たというのか。以前よりも状況を悪くしたあげく、このような役目まで引き受けることになってしまうとは、主持ちの立場にこだわる必要などあるのだろうか。人を殺して職を失い、今また人を殺して職を得ようとしている自分が、汚《けが》らわしく思われてならない。

防腐剤の松脂が臭う冷酒は、量を過ごすと一気に腰に来る。

弥三郎は夜着《よぎ》もかぶらぬまま、とろとろと眠りかけた。

そこに表の廊下から、激しく争う声が聞こえてきた。

慌てて立ち上がろうとしたものの、まだ腰がふらついている。

「やはり、小姓くずれの半端者《はんぱもの》は役に立たぬの」

いつの間にか、座敷に何者かが入り込んでいた。鈴鹿の山中から、弥三郎たち四人を大河内城に案内した、あの若い武士だった。整った造作には相も変わらず、相手を舐めきった表情を浮かべている。

「た、誰かっ」

「騒ぐな」

刀架に伸ばしかけた右手を、発止《はっし》と扇子で打ち叩かれる。大河内城で滝川三郎兵衛が見せたのと同じ、巻いて打つ一撃だった。

「いいか、よう聞け」

痺れた右腕を押さえたまま立ち上がれない弥三郎に、若い武士——東雲角馬は顔を近付ける。そして赤い唇をゆっくりと動かし、思わぬことを告げてきた。

「おぬしたちはただ、鳥屋尾の一行を襲うて追い散らすだけで良い」

何を言っているのか、弥三郎には訳が分からない。

角馬は面倒くさそうに言葉を続けた。

「斬るのは拙者の役目。左様に申しておるのだ」

「……」

「念のためにと思うて来てみれば、初日から遊女屋などに上がりおって。ことごとく三郎兵衛様のご懸念《けねん》通りとあっては、呆れて怒る気も失せるわ」

弥三郎は、一言も反論できなかった。

絵図を描いた滝川一益と北畠具豊は、暗殺の現場のことまで熟知しているわけではない。そこで万事抜かりのない滝川三郎兵衛は、別に本命の刺客を用意し、早々に送り込んできたのだ。

あの人を食ったような若僧は最初から、弥三郎たちには大した期待をしていなかったのである。

「おぬしの連れは、道中に障りのない程度に仕置きをしておいた」

それだけ告げると、角馬は腰を上げた。

「せいぜい、しっかりやることだな」

為す術《すべ》もなく見送った弥三郎は、ぐしゃぐしゃになった布団に体を投げ出した。両の目から涙があふれ、頬を伝い落ちていく。

どこに行っても半人前にしか扱われない、己自身に対する憐憫《れんびん》の涙であった。

三

夏の道中は、早立ちに限る。

朝凪《あさなぎ》の中、川で洗顔を済ませた重信たちは再び初瀬街道を歩き始めた。昨夜は街道脇の木陰で一刻（約二時間）ほど仮眠を取っただけだったが、皆、目はすっきりと覚めている。果たさなくてはいけない目的が、疲れをしばし忘れさせているのだろう。

夏場の道中は朝方と日没後に出来るだけ距離を稼ぎ、炎天下は片陰で昼寝したほうが、かえって効率は良い。まして五十里の長旅ともなれば、強靱な肉体にもこまめな休憩が必要だった。

「今夜、もう一度野宿したら、次は旅籠《はたご》に泊まろう。旱星《ひでりぼし》の下で寝るのは心地良きものだが、続けてはいかん。無理を重ねては、いざとなっても力が出ぬ故な」

二人の監督役に落ち着いた重信だが、取り立てて不安はなかった。

新之助は旅慣れていたし、三十郎も体力にはまったく問題がない。重たい兜鉢を背負って歩いていながら、昨夜からいささかも疲れを見せていなかった。明らかに無駄な荷物ではあるが、本人が望んで担いでいる以上、余計な世話を焼くのは憚られた。

そうは言っても気にはなる。

重信は三十郎が昼寝をしている隙に、新之助に問うた。

「あの兜鉢、どうするつもりなのだ?」

「渡したいお人が、追っている四人の中にいるそうですよ」

「弥ぁさんと呼んでおった者のことか。加藤家の次男坊の」

「幼なじみなんですよ。俺、いや、拙者は遊んだこともありませんが、子どもの時分には、ずいぶん可愛がってもらったって……」

「なるほどな」

薄蜉蝣《うすばかげろう》が、どこからか飛んできた。二人の周りを旋回するのを、重信はそっと手で追い払う。

「まるで実の兄さんみたいに、思っているみたいでしてね……」

そこまで新之助が明かしたところに、不意に三十郎が割り込んできた。

「実の兄者《あにじゃ》ですよ」

話途中から目を覚ましていたらしい。

「え」

思わず、新之助は旧友の顔をまじまじと見つめた。

「どういうことだ」

新之助に代わって、重信は控えめな口調で訊《たず》ねた。

「俺は、大旦那が弥ぁさんの子守りに雇った若後家に産ませた子なんです。母は俺を産んですぐ、肥立《ひだ》ちが悪くて死んじまったそうですがね」

答える三十郎の声は、落ち着いたものだった。近くで練雲雀《ねりひばり》が鳴いている。長閑《のどか》なさえずりを聞きながら、若者は気負うことなく言った。

「弥ぁさん、いや、兄者の役に立てるのは今しかない。そう心に決めてますんで」

寝る間も大事に抱えていた兜鉢を、三十郎はふたりに差し示す。一枚の鉄板を半球状に打ち出し、一枚張筋伏式《いちまいばりすじふせしき》と呼ばれる製法で造られた星兜鉢にはその名の通り、補強と装飾を兼ねた厳星《いがぼし》がちりばめられていた。

いかにも古めかしい外見だが、重信には、好もしく感じられた。

(良い兜だ……)

日頃は板金《いたがね》を繋ぎ合わせて造るので量産が効く、矧板鋲留式《はぎいたびょうどめしき》の兜ばかり手がけている三十郎にとって、この星兜鉢は文字通り、精魂を傾けた一世一代の作なのだ。

「そうだったのかい……こいつぁ大事な兄さんへの餞別だったんだなぁ……」

新之助のつぶやきに、三十郎は照れ臭そうに微笑むだけだった。

「さ、まだ陽は高いぞ」

若者たちを促し、重信は空を見上げた。

一面の青空に、むくむくと雲が湧き上がっている。

(今日も、暑くなりそうだ)

重信は天を振り仰いた。

甲斐まで、あと三日。

四

土埃を上げて、四騎の馬が街道を駆け抜けていく。

加藤弥三郎は、この道中で所持金を余さず使い果たすと心に決めていた。とはいえ初日のように遊女屋へ行く金は、一文とて出そうとはしない。

「今日で女断ちして三日だぞ。たまには良いではないか、な?」

懲《こ》りない山口にせがまれても、弥三郎は一向に取り合わなかった。

　一方、津の遊女屋に乱入してきた覆面の侍たちに殴打された長谷川と佐脇は、十分に薬が効いたらしい。何ひとつ文句を言わず、毎日黙々と手綱《たづな》を操っていた。

　しかし、山口に比べれば賢明な彼らも、筋骨《すじぼね》を抜かれるまで痛めつけられなかったのは、囮の役目を果たすための余力を残したからだとは、さすがに気づいていない。

　ともあれ、二人が正根を改めてくれたのは弥三郎にとって幸いだった。

「おぬしたち、無理はしておらぬか？」

　山口に同意を促されても、

「乗るのは、馬だけで足りておる」

「尻が擦《す》れて、横になるのも辛い」

と、にべもない。

　やせ我慢をしているのではなく、本当に体力の限界に来ているのだ、だが気力までは萎《な》えておらず、次第に山口も無駄口を叩かなくなってきた。

　翌日の道中も順調だった。

「明日には、いよいよ追いつけるな」

「うむ、腕が鳴るぞ！」

　弥三郎の言葉に、山口が大声で応える。

山口とて、常に酒色のことしか考えていないわけではない。

「一番槍は、拙者がつけさせてもらうぞ」

闘志満々となってからは毎晩、木賃宿では愛用の管槍《くだやり》の手入れを欠かさずにいる。

しかし、仲間の三人は知らないのだ。刺客の役目は単なる囮に過ぎず、本隊が別に動いているという残酷な事実を――。

（このまま、甲斐まで行って良いのか？）

弥三郎の心は痛んだ。それでも今は、前に進むしかあるまい。ただの囮にすぎなくても、何も為すべきことを持たない自分たちにとって、この道中はいま一度やり直すために必要な旅なのだ。

三年もの間、無為に過ごした日々を脱し、再起すべく話し合って決めたことである。

断じて、途中で投げ出す訳にはいかない。

四騎は、ひたすらに先を急ぐ。

甲斐まで、あと一日。

五

武田家からの出迎えは、甲斐と駿河の国境《くにざかい》に程近い身延《みのぶ》の山麓まで来てくれることになっていた。同盟を結んでいる駿河国は、信玄にとっても安全地帯なのだ。

（今日の夕刻には、信玄公のお膝元《ひざもと》に入れよう）

鳥屋尾石見守は、久しぶりの安堵感を覚えていた。襲撃される恐怖と日々隣合わせだった道中も、残すところ五里（約二十キロ）ほどである。

「もう少しだぞ」

率いる鳥屋尾の励ましを受けて、一行は懸命に先を急いだ。足弱の豊勢も遅れぬように必死で歩き続けている。

「大丈夫かの」

「はい」

鳥屋尾が声をかければ、いつも健気に答えてくれる。

が、今日は様子が少しおかしかった。

「何としたのだ、豊勢殿？」

鳥屋尾は素早く歩み寄った。額に手を当てると炭火のように熱い。炎昼とはいえ、ここまで火照るはずが無かった。

「これ、しっかりせい!」

慌てて若党を呼び戻し、木陰に運ばせる。

齢を経た大樹の多い身延の山地は、涼を取る場所には事欠かない。

竹筒に汲んだ水で手ぬぐいを濡らし、冷やしてやりながら叱責する。

「無茶をするのも大概《たいがい》にせい。何故にもっと早く申さなんだのだ」

口調がきつくなってしまうのも、豊勢の身を案じていればこそである。

「申し訳ありませぬ……一刻も早う、甲斐に着かねばと……」

か細い声でそう言われても、容赦はしない。

「自重せい。おぬしを無事に送り届けなければ、三条夫人の御霊に申し訳が立たぬわ」

厳しく諭しつつ、鳥屋尾は熱を帯びた手ぬぐいを取り替える。北畠家の重臣が為すべきことでは無かったが、今は体面などにこだわっている場合ではなかった。

刺客が現れれば、自ら先頭に立って戦わねばならぬ鳥屋尾である。こたびの道中においては、上も下も無いと心得ていた。

（最後まで、刀を抜かずに済めば良いのだが……）

しかし、その願いは、早々に阻まれた。

「馬蹄《ばてい》の音です！」

物見に立てておいた若党が、血相を変えて駆け付けてきた。

単なる杞憂《きゆう》ではない証しに、複数の騎馬が真っ直ぐに接近してくるのが、遠目にもはっきりと見て取れる。

（四騎か）

先頭の者は、管槍を手にしている。

「槍を持てい！」

鳥屋尾は大音声《だいおんじよう》で呼ばわった。

すかさず、傍らに控えた若党が大身槍《おおみやり》を手渡した。初陣《ういじん》から数えて九筋目に当たる鳥屋尾の愛槍だ。合戦場で主武器として用いられる槍は、武士にとって消耗品。このたびの道中にて使い潰す腹づもりで、持参したものだった。

（突き落としてくれる）

震えている三人の小者を豊勢ともども木陰に残し、鳥屋尾は若党たちを連れて街道に躍り出た。

まずは先頭の騎馬に向かって、渾身《こんしん》の力で突きを繰り出す。

馬上の男は辛うじて受け止めはしたが、華奢な管槍だったのが災いした。重い衝撃に耐えきれず、たちまち体勢を崩し、落馬する。

馬から放り出されたのは、山口飛騨守だった。

「殺すな！」

若党たちに指示を与えたのに続き、後続の三騎に向かって一喝する。

「鳥屋尾石見守と、知ってのことか!!」

年齢をまったく感じさせない、闘志に満ちた態度だった。

(勝てぬ)

超えられぬ力量の差を、弥三郎は一瞬のうちに感じ取っていた、長谷川と佐脇も同じと見えて、手に手に太刀を構えたまま、攻めかかれずにいる。

斬れぬ理由はいま一つあった。

この老いても剽悍《ひょうかん》な武士が悪党だとは思えない。

もしや、自分たちは騙《だま》されているのではあるまいか——。

三人とも、顔じゅうに汗を滴らせていた。炎天下のせいだけではないことは明らかだった。

「どうしたっ」

大身槍をしごき、鋭く威嚇《いかく》しながらも、鳥屋尾はどこかおかしいと気づいていた。仮にも刺客である。戦い慣れていない若僧どもをわざわざ送り込んでくるとは一体、どういう了見なのか。

だが、その疑問はすぐに氷解した。

「うわっ!?」

後方から、くぐもった悲鳴が聞こえた。

若党の一人が、殺到してきた覆面の侍に斬り倒されたのだ。残る若党は何とか刀を抜き合わせ、懸命に応戦していたが、実戦を勝ち抜いてきた者とそうでない者との差は歴然だった。

鍔競り合いから足払いを喰《く》らわされ、転倒したところを上から芋刺しにされた若党は声もなく絶命した。

間を置くことなく、覆面の侍たちが群れを成して鳥屋尾を取り囲む。均等に間隔を置いている敵の数は七名。黒布の覆面の間から、冷たい殺気が押し寄せてくる。

「鳥屋尾殿」

ひときわ背の高い男が一歩、前に出た。どうやら、この男が頭目らしい。左腰には三尺（約九〇センチ）余りの大太刀を差している。

「お命、頂戴《ちょうだい》仕《つかまつ》る」

「名を名乗れ！」

自らを奮い立たせるべく、鳥屋尾は一声吠えた。

しかし、頭目の男は応じない。ただ、薄地の黒覆面の下で、形の良い口許を皮肉に歪めて見せただけであった。

（ここが、死に場所か）

覚悟を決めながらも、鳥屋尾の両腕には力が入らなくなっていた。

息は荒く、長大な得物の重量が次第に耐えがたいものとなりつつあった。

「殺《や》れ」

一声命じると、頭目の男は後方に下がった。

（こやつ……高見の見物を決め込むつもりか）

鳥屋尾の頭に、血が昇った。

「えいっ！」

歯の根を鳴らしつつ、気合いもろともに取り直した大身槍を、頭目の男に向かって一直線に突き出す。

その瞬間、頭目の両脇に控える二人が機敏に動いた。打刀を下段に抜き付け、交叉させた刀身で槍穂を押さえ込んでしまったのだ。

頑丈きわまりない大身槍だけに、けら首のところから槍穂を斬り落とすのは至難の業《わざ》である。故に、このような策を用いたのである。

驚くのは、まだ早かった。二人組は刀身を交叉させたまま、下段から上段へと一気に撥《は》ね上げたのだ。

長大な大身槍が、軽々と宙に舞った。

「くっくっくっ」

後方から眺めていた頭目は、低い笑い声を洩らした。

目の前の状況を、完全に楽しんでいる。

六人の配下は無言のまま、鳥屋尾を取り囲んだ円陣を狭めていく。喉を扼《やく》して背を打つ腹積もりであった。

もはや、刀を抜き合わせる余裕も無い。

(これまでか)

鳥屋尾が肚を決めた、その刹那。

刺客たちに、思いもよらない攻撃の手が襲いかかった。

どこからともなく飛んできたのは、卵大の石つぶて。

ひとつやふたつならば、どうということもないだろう。しかし幾十もの数が揃えば、どこにでも転がっている石ころも恐るべき武器と化す。

殺到するつぶての前に、刺客たちは顔も上げられなかった。

「何事か⁉」

予期せぬ投石によって、刺客の群れから守られる形となった鳥屋尾は、茫然と立ち尽くす。

そこに新手《あらて》が現れた。

一直線に駆け付けたのは、五尺（一五〇センチ）そこその、小柄な武士であった。

左腰には頭目の男と同じ、三尺余りの大太刀を差している。

そのまま足を止めることなく、武士は陣形を崩した刺客たちの中に突入した。

なぜか、まだ大太刀を抜いてはいない。

体勢を立て直した刺客の一人が、真っ向から斬りかかった。

刹那、武士は地を蹴った。

空中に、跳んだのではない。小柄な体軀を更にかがめて、相手の足許に滑り込んだのである。

死角を突くや否や、武士は大太刀の柄を鋭く突き上げた。鉄の金具で固めた柄頭が無防備なみぞおちに吸い込まれる。

「おのれ！」

今まで沈黙を保っていた刺客たちの間に、新たな殺気が膨れ上がった。

二人目の刺客が武士に襲いかかった。肉迫すると見せかけて寸前で踏みとどまるや、打刀を逆袈裟に振るう。

むろん、誘いの一刀である。敵が体勢を崩した瞬間を逃さず、返す刀で袈裟に斬り下げようという肚なのだ。

逆袈裟の一刀を見切った武士は、機敏に足首を捻って踏みとどまる。

次の瞬間、大太刀が鞘走った。刺客の打刀よりも一尺（約三〇センチ）は長い刀身が、陽光にきらりと光り輝く。常人には見切れない、神速の抜刀だった。

刺客の袈裟斬りは、鮮やかな抜き付けによって弾き返された。返す刀を浴びた刺客は、くたくたと膝から崩れ落ちる。不思議なことに、出血はしていなかった。

（峰打ちか！）

鳥屋尾の目が、大きく見開かれる。

武士は大太刀を右袈裟に斬り下ろす瞬間、刀身を反転させていたのである。

斬撃を浴びせる寸前に峰を返し、殺すことなく相手を倒す活殺自在の刀法を、この小柄な武士は、居合と共に会得しているのだ。

(美しい)

戦いの渦中に在ることも忘れて、鳥屋尾は抜刀の妙技に魅せられていた。

黒塗りの鞘はぴんと引き絞られ、あたかも燕尾《えんび》のごとく跳ね上がる。

迅速かつ確実な抜き付けを可能とする、鞘引きの為せる業《わざ》であった。

小柄な武士の五体は、大太刀と完全に連動している。

陽に焼けた無骨な造作が、今は凛々《りり》しくさえ感じられる。

(天より降臨した、武神ではないのか――)

鳥屋尾は、心底《しんそこ》よりそう思った。

六

街道脇からも、刀槍の響きが聞こえてきた。

豊勢たちを狙った刺客が二人、馬上から飛び降りた男たちと争っている。

最初に鳥屋尾を襲襲した、四騎の若者であった。

鳥屋尾は知らぬことだが、それは加藤弥三郎と三人の朋輩。囮の役目を放棄して、真の悪党と見なした刺客に躍りかかったのだ。

しかし、明らかに分が悪い。

数を頼みに懸命に攻め立ててはいたが、刺客たちのほうが太刀捌きは速く正確。四対二でも、防ぐのがやっとという有り様だった。

それでも先頭に立った弥三郎は果敢に刃を振るっていたが、実戦を重ねてきた刺客の目から見れば、隙だらけであった。

「弥三郎っ」

「避けろ！」

深追いしすぎたところに、上段からの一刀が急襲する。

その瞬間、ぶわっと何者かが跳んできた。

「弥ぁさん！」

一声吠えると同時に躍り込んだのは三十郎。

使い込まれた鎧通しが、敵の刃を弾き返す。剛力を余さず込めた一閃だった。

間を置くことなく、三十郎は鎧通しを突き出す。

肉厚の刃が敵の胸板を深々と貫いた。

三十郎は仕留めた敵を荒々しく蹴り倒した。収縮する死肉に阻まれることなく、鎧通しはすぐに抜けた。

一方、三十郎と共に乱戦に割って入った新之助は、刺客たちの鋭い攻めに圧倒されてしまっていた。

（強《つえ》え）

相当に場数を踏んでいるのだろう。が、こちらも退くわけにはいかない。修羅場《しゅらば》でひとたび刃を合わせた以上、どちらかが死に至るまで戦いは終わらぬからだ。

鍔競り合いになれば、小技を知らない自分が不利になる。ここは、恵まれた体軀を生かす番だった。

「行くぞ——!!」

咆哮するや、新之助は大きく跳び上がった。

道中で戯《たわむ》れに小川を跳び越え、重信と競ってみたところ、跳躍力では引けを取らぬことは証明済み。一《いち》か八《ばち》か、己の持てる力に懸けるしかない。

（為せば生、為さざれば死！）

必死の覚悟は、その場跳びで六尺もの大跳躍を可能にした。頭上から真っ向を斬り下げるには、十分な高さであった。

意識を霧散《むさん》させたまま、新之助は大刀を打ち込んでいく。

肥後国《ひごのくに》に名高い同田貫一門が精魂込めて鍛え上げた二尺三寸（約六九センチ）の武《ぶ》用刀《ようとう》が、稔りを上げて刺客に殺到する。

物打が額に食い込んだ。ぶわっと刺客の脳天から血が噴き出す、そのまま新之助は黒糸巻の柄を、左右の薬指と小指でつかんで締めた。

剣術の手の内を学んでもいない新之助が両手の二指を締めたのは、無意識の為せる業であった。

真剣の重量に刀法の技が加わり、見る間に刺客の頭は打ち割られた。重い刃がさくりと顎を、そして頸骨《けいこつ》を両断し、一気に胸元まで食い込んだ。

胸板を半ばほど割ったところで、新之助はふと我に返った。

目の前一杯に、生々しい血肉が広がっている。

「ぐえぇ」

突然、激しい嘔吐感に襲われた。

すでに絶命している刺客の上半身が、肉の重みで左右へ分かれていく。ぱっくりと割れた頭骸《ずがい》からは、桃色の脳漿《のうしょう》が垂れ流しになっていた。

霧山城下の裏路地で危地を脱したとき、無我夢中で刀を振るった新之助だが、後で見ると刃には血が付いていなかった。もとより人斬りなどやろうと思ってできるものではない。追いつめられ、生死の境に立ったからこそ、現出した光景なのだ。

「あ！……ああ！……」

生まれて初めて、人を斬った。それもまぐれとはいえ、真っ二つに。

自らが招いた凄惨《せいさん》な地獄絵を目の当《ま》たりにして、新之助はひたすら胃の腑《ふ》の中身を放出し続けることしかできなかった。田水《たみず》沸く季節、薫風《くんぷう》漂う夏野《なつの》の草いきれがむっと胸を突き上げた。

「しっかりしろ」

息も絶え絶えの新之助を抱き起こしたのは、三十郎だった。

「合戦場じゃ、こんなのは当たり前だぞ」

淡々と告げながら、反吐《へど》を指先でぬぐい落としてやる。

そこに、おずおずと歩み寄る者がいた。

「手伝おう」

顔色こそ良くなかったが、加藤弥三郎の足取りは存外にしっかりしていた。鍔競り合いで負ったかすり傷の他に、目立つ外傷はなかった。

「弥ぁさん」

一瞬、三十郎は戸惑った表情を見せた。

「兄者って呼んでくれよ」

弟の逞しい肩をぎこちなく叩き、弥三郎は不器用に笑いかける。

「おぬしに命を救われて、目が覚めた」

「……兄者」

「俺たちは、どうやら死に場所を間違えていたらしい」

「まったく、おぬしの申す通りだ」

弥三郎の背後で、山口がぼやく。

捻挫《ねんざ》した足を踏ん張って立ち、山口は管槍を突き上げて叫んだ。

「死に場所は己で決める。それが武士だ、もののふだ！」

すべての迷いを捨て去った、晴れ晴れとした顔だった。

「山口」

「おぬし……」

互いに肩を支え合っていた長谷川と佐脇が、驚いた表情を浮かべる。

「今まで勝手ばかり申して、済まなかったな」

山口は二人に深々と頭を下げると、続いて弥三郎に向き直った。

「さぁ、三河へ帰ろう」

「良いのか？」

「何のかかわりも無い我らまで救ってくれた、おぬしの弟たちのおかげで目が覚めたよ」

半信半疑の視線に苦笑しながら、山口は言った。

「足軽の扱いでも構わぬ。徳川様の馬前にて、潔《いさぎよ》く一命を投げ打とうではないか!!」

うなずき合う四人の友垣《ともがき》の顔に、もはや憂いはなかった。

七

戦いは、まだ終わっていない。

「もはや逃れる術《すべ》はあるまいぞ、東雲角馬」

重信の声は、静かな怒りを孕んでいた。いったん納刀した大太刀の長柄にそろりと右手を這わせながら、激情の命じるままに一喝する。

「おぬしだけは、許さん!!」

黒覆面の頭目が、無言で重信を見返した。

「ほざくな、素牢人めが」

覆面を脱ぎ捨てて、頭目――角馬は口汚く吠えた。赤い唇が、すっかり青ざめていた。

重信は一歩、また一歩と間合いを詰めていく。

先に応じたのは、角馬配下の二人組だった。縦列に並び、共に抜刀の構えを取っている。付け焼き刃でないことは、腰の据わった体勢からも明らかだった。

と、街道脇の茂みが音立てて揺れた。

「手出しは無用だぞ、水股《みずまた》の衆っ！」

茂みに向かって鋭く叫ぶや否や、重信は大きく跳躍した。

二間（約三・六メートル）の間合いが、一気に詰まった。右足を踏み込むと同時に、十分な鞘引きを効かせて、抜き付けの斬撃を放つ。

地面すれすれに足首を断つ、非情な一手である。

避ける術など、あるはずがなかった。

しかし次の瞬間、重信は驚愕した。

大太刀が、交叉させた二条の刃にくわえ込まれている。押しても引いても、微動だにしない。

「こやつらは、双児《ふたご》でな」

東雲角馬は、色白の顔に皮肉な笑みを浮かべながら告げた。

「しかも兄弟だけで稽古を重ね、呼吸に寸分の狂いもない。切り崩す術などあるまいぞ」

重信の額から、大粒の汗が滴り落ちる。

想像を超える、鉄壁の防御をどう破るか。

為す術は、すぐには思い付かなかった。

「さて、拙者も加勢しようかの」

楽しそうにうそぶくと、角馬は腰を振って大太刀を抜いた。無造作な所作は、刀剣を殺しの道具としか考えていない者の手つきだった。

角馬が、重信の背後に立つ。間合いは、わずかに半間（約九〇センチ）。

一歩出て大太刀を突き込めば、容易《たやす》く貫き通せる距離だった。

「残念だったな、林崎」

含み笑いをしながら、角馬は大太刀を構えた。

刹那、二人組の手許が、ふっと軽くなった。見れば、重信の姿が消えている。

ただ、その愛刀だけが、交差させた刃にくわえ込まれたまま残されていた。

(上か！)

角馬が気づいたときには、もう遅かった。前のめりに崩れ落ちた双児の兄の左肩口には、細身の刀身が深々と埋まっていた。

重信が跳躍すると同時に、小刀を飛剣《ひけん》として投げ打ったのだ。

「兄者っ」

驚愕の声を上げながらも、弟はすかさず刀を構え直す。

着地した重信に襲いかかる動きは機敏だった。

大地を転がって回避する重信の体をかすめ、二度、三度と鋭い剣尖が殺到する。

かわされても、そのまま地面を突き刺す愚行《ぐこう》など犯さず、繰り返し執拗な刺突を見舞っていく。

片方が倒れても尚、その剣勢は衰えを知らない。

対する重信は小刀を投じてしまい、丸腰のままである。

反撃の手段を持たぬ以上、やがて刺し貫かれるのは時間の問題だった。

と、重信はくるりと体を回転させた。刹那、弟の足許に強烈な打撃が浴びせられる。

背格好は小さくとも、抜群の跳躍力を備えた重信の下半身は逞しい。日々の素振りで鍛え上げられた左の軸足を叩き付ける水面蹴りは、丸太で足許をすくわれたにも等しかった。

仰向けに倒された弟を待っていたのは、無情にも兄が取り落としたままの刀だった。折悪しく上を向いていた刃が己の両膝裏を切り裂いたと気づく間もなく、弟は激痛の中で悶絶《もんぜつ》した。

一瞬の攻防に、角馬は声も出せずにいる。

しかし、茫然としている余裕はなかった。

役に立たなくなった双児に構わず、重信は回収した大太刀を鞘に納める。

両膝を緩め、肩幅に開いた姿勢を取る。

居合腰と呼ばれる、臨戦態勢であった。

「……来るかっ」

怒声を上げて、大太刀を振りかぶったものの、角馬は動くに動けない。

不用意に間合いを詰めれば、抜き付けの一刀を浴びるのは目に見えていた。

合戦で修羅場を幾度となく体験してきた角馬は、この三尺余りの刀身に秘められた威力を熟知している。

介者剣術《かいしゃけんじゅつ》、すなわち甲冑武者同士の白兵戦において、打刀での斬り合いは槍折れ矢尽きた時の最後の手段。

相討ち覚悟で具足の隙間を狙っていくのが常道だが、槍と長巻《ながまき》を兼ね備えた長大な大太刀ならば、遠間から敵を牽制しつつ仕掛けることができる。

兵法の心得を持たない雑兵でさえ可能な戦法を、武芸に習熟した武士が研鑽《けんさん》すれば恐るべき威力を発揮する。鎧武者を具足ごと斬り伏せるのは無理でも、平服の上からであれば容易なことだった。

本来は合戦向けに編み出された家伝の大太刀の技を暗殺に転用し、狙った標的を判で捺したかのように一太刀で葬り去ってきた東雲角馬だからこそ、言えることである。

そして今、角馬が相対している敵は、かつて自分が斬ってきた者たちには無い刀法を修得している。

居合――。それは大太刀の特長を最大限に発揮し得る刀法である。逃れる術はあるまい。

長柄に右手を這わせる重信の心は、すでに明鏡止水《めいきょうしすい》であった。

かつて霧山城下の路地で角馬の挑発に乗せられたのは、怒りの余りに平静を欠いた失策に過ぎない。同じ愚挙《ぐきょ》を二度と繰り返す重信ではなかった。

いつでも抜ける、いつでも倒せる。

しかし鞘走らせぬ限り、相手の生命を奪うことはない。

活殺自在の鞘の内に、角馬はすでに敗れていたと言っていい。

しかし我が身を滅しなくては分からないのが、凡夫の凡夫たる所以《ゆえん》である。

「エエーィ！」

気合もろとも、角馬は突進した。左肩に担いだ抜き身の大太刀を背中から急角度で斬り下す、佐々木小次郎の技にも一脈通じる戦法だった。

だが、本家には遠く及ばない。

渾身の力を込め、地をも割らんと叩き付けた斬撃が決まったと思えた瞬間、重信の姿はそこに無かった。

次の瞬間、弧を描いて放たれた初太刀を角馬がかわしたのは、僥倖《ぎょうこう》に過ぎない。

重信の初太刀によって、角馬の大太刀の柄は、下から三分の一が失われていた。

鍔元ぎりぎりのところを握っていなければ、重信の抜き付けは長柄もろとも、角馬の小手を両断していたことだろう。

抜き付けの一刀で動揺を誘った重信は、真っ向を目がけて大太刀を斬り下げた。

「ひ！」

角馬は悲鳴を上げて跳び退《すさ》る。

決して居着かず、二の太刀、三の太刀と連続して攻め込む居合術者の剣はひとたび抜き放たれたが最後、止まることがない。無闇に抜刀せぬ代わりに、抜けば相手を完全に沈黙させずには置かないのである。

三尺二寸三分の長大な刀身が右左に躍る。

重信の小柄な体軀が、角馬の周囲を疾風のごとく駆け巡る。

重信の刃が弧を描く度、角馬の大太刀はささらのようになっていく。辛うじて鎬地で受け止めるのが精一杯であり、反撃に転じる余裕は皆無だった。

と、そこに一条の光が差した。

なぜ悪を滅するのを阻むのか。

放たれた閃光は、重信の左の二の腕を発止《はっし》と打った。

左手は刀を操る軸手である。

大太刀の動きが一瞬止まったのは、無理からぬことだった。

それにしても何たる天佑《てんゆう》、いや、悪運の強さであろうか。

「……こ、これで済んだと思うでないぞ！」

無惨に傷付いた抜き身を提《さ》げたまま、角馬は身を翻して駆け去った。

担いだ大太刀は歪《ゆが》んでいた。

幾十合と打ち合って、愚かな主人の身代わりに強烈無比な斬撃を受け続けたとあっては、もはや鞘には納まるまい。

兄弟刺客も、お互いに助け合いながら後を追う。兄は左肩、弟は両膝裏の筋を完全に断たれていた。たとえ命を拾ってもあの深手では、もはや兵法者として生きることは不可能であろう。

無言で見送る重信の足許に、卵大の石がひとつ転がっていた。

「………」

拾い上げた小刀を鞘に納め、重信は黙《もく》したまま石を拾う。

懐に仕舞い、街道脇に視線を転じる。

「先生ー!!」

ようやく片が付いたのだろう。駆け寄ってくる新之助の小袖の襟元はところどころが赤黒く、大きな染みになっていた。

「斬ったのか?」

「は、はい……」

答える声が震えている。

重信は静かに説き聞かせた。

「戦乱の世が打ち続く限り、おぬしの目指す道には、常に付いて回ることだぞ」

新之助は黙って耳を傾けている。

「血を見るのを恐れる者も、逆に喜びを覚える者も、迎える最期は皆、同じなのだ」

重信は新之助を正面から見据えた。

「それでも、兵法者を目指すのか」

「はいっ」

新之助は、もはや震えてはいなかった。

黙ってうなずき、重信は三十郎に向き直った。

「……林崎先生」

三十郎は、思いつめた表情で切り出した。

「ここでお別れさせていただいても、よろしいですか」

「好きにすればよかろうぞ」

「いろいろお世話になりました。新之助のこと、頼みます」

三十郎は深々と一礼して歩き出す。

その視線の先を何げなく追った重信の目に、一人の男の姿が映った。

男は三十郎が精魂を込めた星兜鉢を、両腕にしっかりと抱きかかえている。加藤弥三郎であった。

(合戦場に送り出し、死に花を咲かせてやるのも、兄弟の情なのか)

重信は、その思いを口には出そうとはしなかった。天涯孤独の身にとっては、血を分けた肉親だけが共有できる情愛など無縁である。

そして、そんな重信にも振り切らなければならない相手がいた。

「……重信さま」

「ご無事で、何よりです」

腰を抜かして立てない豊勢に寄り添い、重信はそっと抱き起こす。

熱を持ってきた左腕が痛んだ。どうやら先程の投石で骨を砕かれたようだったが、この胸の内ほどではない。本当に、比べようもないほどの痛みであった。

「私のことを、追ってきてくださったのですね」

「お命が危ないと聞き及びました故……」

一言一言、努めて素っ気なく告げる。寄せる想いを抑えることが、これほどまでに辛いものだったとは――。

思えば朝顔の露にも等しい束の間の縁《えにし》であった。新枕《にいまくら》が最初で最後の逢瀬《おうせ》になろうとは、重信は考えてもいなかった。

なぜあの夜、徒波《あだなみ》が立つのを恐れて共に朝を迎えなかったのだろうか。

一夜を百夜《ももよ》に変じて荒々しく、想いのたけを余すことなく、泡沫人《うたかたびと》にぶつけるべきだったのではないか。

今となっては後の祭り。別れを告げる以外に道はなかった。

「お髪《ぐし》を、下ろされるのですか？」

「……はい」

しばしの沈黙の後、豊勢は答えた。あきらめと悲しみに満ちた声であった。

「これで、お別れなのですね」

小者たちが支えようとするのを断り、豊勢は自力で歩き出す。

「どうぞ、お達者で」

「かたじけない」

一言返し、重信は背を向けた。

赤心《せきしん》も口にすれば、弁を弄《ろう》しているとしか聞こえない。不器用な益荒男《ますらお》ほど言葉は少なく、故に誠意を感じさせる。

自分が愛したのはそういう人なのだと、豊勢は得心していた。

余人には仮の情けでしかないと思われても、十分に満ち足りている。

（貴男は、私にとってただひとりの殿御です。いつまでも、ずっと……）

鳥屋尾に伴われ、豊勢は身延山を越えて行く。

その後ろ姿は、どこまでもたおやかだった。

八

「ほんとに良かったんですか、先生」

「何がだ」

「あの女官のこと、好いていらしたんでしょう？」

「余計なことを申すでない」

興味津々といった様子の新之助には取り合わず、重信は身延山麓を昇って行く。

「ところで先生、どこまで行くんですか」

「左様、地獄かも知れぬな」

淡々と答える姿に、ふざけている様子はなかった。

「先生に冗談は似合いませんぜ。真面目なんだから」

新之助がしつこくまぜっ返さずにいられないのも、黙っているのが怖かったからである。先程から、周囲に妙な気配を感じて仕方がなかった。

深い緑に覆われた山中は、無気味な静寂に包まれていた。

と、ふたりの耳に口笛の音が飛び込んできた。何の前触れもなく響き渡った、鋭い音色であった。

重信の無骨な顔に、覚悟の表情が浮かんだ。

「水股の者。出て参れ」

一声呼ばわると同時に、十人余りの男たちが飛び跳ねるようにして現れた。猟師のような革衣を着込んでおり、どの者も恐ろしく身が軽い。

「あのまま逃げるのかと思ったぜ、林崎甚助重信」

一団の先頭に立っていたのは、過日、鈴鹿山中で北畠家の御使番の死体を前にして出会った大男。

「返すぞ」

重信が放ったつぶてを、大男は澄ました顔で受け止める。ヤツデの葉を思わせる掌に載っていると、鶏卵大の石も鶉《うずら》の卵のように見えた。

水股の者とは、武田家が天下に誇る甲州流築城法《こうしゅうりゅう》に欠かせない、土木工事を専門とする技術者集団である。合戦に際しては石投げ隊として無類の実力を発揮する彼らは又の名を新衆《しんしゅう》と呼ばれ、屈強な農家の二、三男によって構成されていた。

「先生、こいつらは⁉」

「やめておけ。死ぬぞ」

刀を抜きかけた新之助を素早く制し、重信は言った。

「甲州に行かねばならぬと決まって以来、覚悟を決めておったことだ」

淡々と告げ、重信は大太刀を鞘のまま抜き取った。

「俺が死んだら、使うが良い」

小刀も添えて渡すと、重信は丸腰で前に出ていった。どのみち、この左腕では居合はおろか、刀を振るうこともできはしない。

手近の大木の前に腰を下ろし、重信は結跏趺坐《けっかふざ》となった。

居並ぶ男たちを見渡せば、どの目も、激しい敵意と憎悪に満ちている、
重信は、静かな声で独白を始めた。新之助以外の者にとっては、先刻承知のことであった。

「俺は三年前、飯山《いいやま》城の合戦で、おぬしたちの頭領を斬った……配下の若い者たちも二十余りを手にかけた」

「二十二人だぞ、お頭《かしら》込みでな！」

「おらの駿馬《しゅんめ》もだっ」

怒気を孕んだ声で、男たちは口々に叫ぶ。皆、卵大の石を握り締めていた。

「すでに上杉の勝利は見えていた。命令とはいえ、おぬしたち新衆を追い討ちいたす必要はなかったのかも知れぬ。しかし、あの時の俺は見境をなくしておった……闇の中、斬り込んだ敵陣に満ち溢れる血臭に、我が軍勢が生み出した地獄に酔っていた。後にも先にも、あれほど多勢の者を手にかけた覚えはない」

訥々《とつとつ》と語る口調に、もはや何の気負いも有りはしない。心から、死を覚悟しているからこそ、可能な告白でもあった。

「命ぁ、惜しくねぇのかい！」

大男の口調には嘲《あざけ》りの響きがあった。どうせ逃げられないと観念して来たのなら命乞いぐらいしてみるがいい。積年の恨みゆえの言動だった。

「先生っ!!」

堪らず駆け寄ろうとした新之助の足許に、二個のつぶてが叩き込まれた。たちまち草の根が掘り起こされ、土くれが弾け飛ぶ。

「動かんほうがいいな」

大男は、勝ち誇った様子で言った。

立ち往生しながらも、新之助は切ない視線を恩師に向けずにはいられない。

「先生……」

「新之助、よく聞いておけ」

落ち着き払った重信の言葉に、新之助は思わず直立した。

「おぬしの剣は力強く、太刀打ちも申し分ない。したが、まだ腕力に頼り過ぎておるのがいかんのだ。刀は小手先だけではなく、体全体で使うものと心得よ」

「……はいっ！」

新之助の両眼から、とめどなく涙が伝い流れていく。

「鞘引きを我が物といたさば、抜刀は活殺自在。居合とはおぬしのような暴れ者にこそ、ふさわしい刀法なのかも知れぬ」

「………」

「無闇に刀を抜くな。強さを誇示する者はいつか必ず、因果《いんが》が巡って自滅する」

「……は……い」

「それから戦には出ぬほうがいい。おぬしは真っ先に討ち死にする手合いだからな」

二人のやり取りを聞いていた大男が、苛立った声を上げる。

「愁嘆場《しゅうたんば》は、そこまでにしてくれや」

その声を合図に、男たちは参集した。左右の手にひとつずつ、石を握り締めている。

「一人当たり二個で、ちょうど十一人いるからな。ぬしが手にかけた者《もん》の頭数だけお見舞いさせてもらおうって寸法よ」

言い渡すなり、大男は右腕を振り上げた。

節くれだった手からつぶてが放たれようとした瞬間、小山のような背中に、張りのある女の声が突き刺さった。

「およし、大吉《だいきち》！」

たちまち、大男は凍り付く。居並ぶ十人の配下たちも、同じだった。

「その仕置き、私の許しをもらってあるのかい？」

大樹の陰から現れたのは、赤く染めた革衣姿の中年女だった。四十をひとつふたつ越えている様子だったが、荒くれ者を一言で黙らせる権威の持ち主とは思えぬほど垢抜けた風貌《ふうぼう》をしている。

「巴姐《ともえねえ》さん、そうは言っても……」

投じかけていたつぶてを持て余し、大吉は不服そうな声を上げた。

「黙りな」

ぴしゃりと告げるや、巴と呼ばれた女頭目は平伏する配下たちの前に進み出た。

重信の面前に仁王立ちとなり、穏やかな口調で告げる。

「先程の見事なお手並み、拝見しましたよ」

黙って見上げる重信の目を覗き込みながら、巴は問うた。

「お前様、今は一介の兵法者とか」

「いかにも」

「主無しの身の上なのですね」

黙ってうなずく重信に、巴は告げた。

「だったら是非《ぜひ》もありません。私たちと同じお立場の方に、恨みは持ちますまいよ」

武田家の仕事を請《う》け負ってはいても、本来、主従の間柄ではない水股の者である。

自分たちと立場は同じであるという巴の一言に、重信は微笑んだ。赦《ゆる》されたのにも増して、嬉しく思えた。

「まことに構わぬのか。拙者は、おぬしの夫を手にかけたのだぞ」

「合戦場で相まみえれば、どちらかが死ぬのは世の習いでしょう」

重信と巴は、いつしか対等の立場で言葉を交わしていた。

「ところで、重信様」

巴の目は、どこか艶やかな光を帯びている。

しかし、交わす言葉は無常の響きを漂わせていた。

「お前様が助けられたお武家衆は、徳川家の恩顧を受けておられる方々とか」

「うむ。あの二人は加藤家の子息《しそく》ぞ」

「それじゃ武田の殿様が御上洛となれば、先陣を切るでしょうね」

「もとより覚悟しておるはずだ」

「お父君はご健在なのでしょう？　まだお若いのに、好んで逆さ別れをなさることもありますまいに……」

巴はわずかに悲しげな表情になった。

重信は静かに言葉を返す。

「それが武士というものの、正しい在り方なのだ」

「哀れ、ですね」

「ならば、せめて落首だけでも守ってやってはもらえぬか」


この年の十二月。

上洛に乗り出した武田信玄の軍勢と徳川・織田連合軍の間で、三方原《みかたがはら》の合戦の幕が切って落とされた。織田信長の元小姓であった加藤弥三郎以下四名は徳川方の徒歩武者として先陣に立ち、壮絶な最期を遂げたという。

共に合戦場に赴き、運命を同じくした清洲城下の具足屋で玉越三十郎なる者の名は『信長公記《しんちょうこうき》』巻五に、元亀三年（一五七二）最後の出来事として記されている。

しかし、清洲から駿河城下へ見舞いに来たまま郷里に帰らず、四名のために見事な兜鉢をあつらえた三十郎の出自と人となりについては、何も伝えられていない。

古風な星兜を着けたままの生首を大切そうに抱き締めて、手柄を狙う武田軍の雑兵を片っ端から、血みどろの鎧通しを振るって仕留めていく三十郎の姿は、あたかも阿《あ》修羅《しゅら》を思わせるものだったという。

武田の雑兵の味方であるはずの水股の者たちがなぜか三十郎を攻撃せず、力尽きて討たれた骸《むくろ》を何処《いずこ》へともなく運び去ったとの風聞も聞かれたが、真相は定かでない。

その後、熱田の豪商として知らぬ者のいない加藤順盛と順政の父子は密かに届けられた、二つの首級を謹んで受け取り、手厚く葬ったという。

第九章　印地打《いんじうち》

一

明けて、元亀四年（一五七三）の一月。

東雲角馬は、ふと熱田社への参詣を思い立った。

熱田港の安全を守る社《やしろ》では、少々荒っぽいやり方で邪気《じやき》を払う、厳《おごそ》かな神事が旧正月に行われる。

（邪気払いは、荒っぽいぐらいのほうが効くだろうな）

昨年も戦時と平時の別を問わず、かなりの者を斬った。気晴らしを兼ねて尾張まで遠出してみるのも、年頭にふさわしいのではないかと思い立ったのだ。

角馬の役儀には決まった非番など有りはしない。主人の滝川三郎兵衛が汚い仕事を考え出さない限り、幾らでもさぼっていて構わぬ反面、目下画策している権謀術数《けんぼうじゅっすう》が実行に移されれば、寸暇《すんか》も与えられなくなってしまう。

(信長公が北畠家潰しに本腰を入れ始めたら、いよいよ休めぬぞ)

左様考えた角馬は、酒色に目の無い三郎兵衛の正月気分が抜けないうちに旅支度を整えた。熱田に反信長公の動きあり、と後で適当に報告すれば、咎《とが》められることもあるまい。

津から船に乗り、熱田港まで至る道中には何の危険もなかった。

(あきらめの早い奴らだったな)

身辺には常に人数を配し、重信と小次郎の出現に備えを怠らなかった日々も今では過去のものである。一人旅としゃれ込んだのも、厄落《やくおと》としの積もりであった。


一月十五日、旧正月。

熱田の内陸部に位置する、那古野《なごや》一円は異様な興奮に包まれていた。

「石打ちじゃ」

「邪気払いじゃ」

若者を中心とする男衆が小袖の尻をからげ、目をぎらつかせて駆け抜けて行く。

網代笠《あじろがさ》をかぶった男たちは、手に手に卵大の石を握り締めていた。

目指す先は、熱田社だ。

那古野とは二十五丁橋を境にして建っている社の境内では、熱田神に仕える水干《すいかん》姿の神官の一隊が陣列を組んでいた。その足許には、卵大の石ばかりが集めてある。玉砂利にしては大きすぎるものだった。

（物々しいのう）

見物人に混じった東雲角馬は、思った以上の殺気が漂っていることに驚きを隠せなかった。熱田宮中と那古野のそれぞれに分かれた男たちの中には、脇差を帯びている者も少なくない。

武用の太刀や打刀ほどの殺傷力は無いものの、振り回せば危険であろうし、当たりどころが悪ければ大怪我、あるいは死とて避けられない。

だが、この日の熱田社においては、別に珍しいことではない。邪気を払うと称しての乱闘は、古来より公に許されてきた神事だからである。

（さて、どんなものかな）

噂に聞いた神事に寄せる角馬の好奇心は、否が応にも膨らみつつあった。

人混みの中では歩きにくいので、大太刀は宿に置いてきた。ささらにされた一振りは惜しげもなく棄ててしまい、備前物の逸物《いつぶつ》に差し換えてある。

しかし、念のため小刀だけは帯びていた。もし乱闘に巻き込まれても、不覚を取る恐れはない。むしろ、突っかかって来られたほうが面白かろう。

公の場でおおっぴらに人斬りを楽しめる機会など、滅多にあるものではない。

二

程なく、熱田宮中の者と那古野の者が二十五間橋を挟んで対峙した。双方共に同じだけ頭数が揃っている。

おもむろに一個のつぶてが飛来した。距離が足らず、誰もいない橋桁《はしげた》に撥ねただけであったが、皮切りとしては十分だった。

石合戦が始まった。

角馬の眼前を、幾十、幾百ものつぶてが激しく飛び交う。突如として現出した光景に角馬の興奮は募るばかり。

(こりゃあ、いい)

参加したくなったのも、無理はあるまい。印地打とは日常のあらゆる束縛に対する不満や鬱積を石に託し、力の限り放ることで己を昇華させる、非日常の行為だからだ。

気づいた時には、角馬は狂乱の渦に身を委ねていた。敏捷な角馬にしてみれば、無作為に飛来する石ころをかわすことなど苦にもならない。

ところが肝心《かんじん》のつぶてを打つ段になってみると、短刀や棒手裏剣とはいささか勝手が違っていた。何度放っても、なかなか思うようには飛ばないのだ。

と、一発のつぶてが角馬の肩口に当たった。

(油断したな)

気を抜かないように心を配りながら歩いていくと、また一発、同じ位置に命中する。

「うわ⁉」

何者かが自分を狙っている。言い知れぬ恐怖が、角馬の五体を突き抜けた。公の場で人斬りを楽しむ余裕など、一瞬にして消し飛んでいた。

何はともあれ、逃げるしかなかった。殺到するつぶてを避ければ避けるほど、自分が罠にはまっていくことなど、角馬には想像もできない。ただただ、必死だった。

三

二十五間橋に面した広場の外《はず》れには、松林が広がっていた。

「来ましたぜ、先生」

「うむ」

重信は力強くうなずき、鞘のまま大太刀を腰から抜き取る。

試みに二、三遍、鞘に納めたままの愛刀に素振りをくれてみる。軸となる左腕の動きは以前と変わらず、しなやかにして力強い。

「事が済んだら、船着場で会おう」

「へい」

「大吉に、よしなにと伝えてくれ」

大太刀を新之助に預けると、重信は言葉少なに告げた。

小刀のみを帯び、新之助と別れた重信は松林の入口へと向かって行く。

予測した通り、狙う相手は現れた。

必死で逃げ場を求めているらしく、前方で重信が待ち伏せていることに気づいてもいない。

「待ちかねたぞ、東雲角馬」

「おぬしは……」

呼びかけられたとたん、角馬は絶句した。

「合縁奇縁《あいえんきえん》だの。このような場所で、遭いまみえようとはな」

角馬を正面から見据えると、重信は言葉を続けた。

「懲《こ》りぬ奴だな」

「な、何がだ」

角馬が上擦《うわず》った声で答えるや否や、重信は一転して鋭く言い放った。

「甲州に手が出せぬとなれば鳥屋尾殿を己が縄張りに誘い出し、始末する気か」

返す言葉の無い角馬に、重信は淡々と言った。

「貴公の飼い主、滝川三郎兵衛の奸計《かんけい》は明白である。もとより北畠家に恩顧《おんこ》を持たぬ身なれば手出しはせぬが、つくづく腐っておるな。合戦を望むのなら、堂々と挑んで参るがいい」

「手出しをせぬのなら、何故に拙者を」

「北畠の大殿への置き土産《みやげ》とでも言っておこうか。拙者の左腕が回復するのを待って今度は臆面《おくめん》もなく義理の息子……具豊の暗殺を命じてきた御方へのな」

角馬は無言のままであった。

「貴公にでも死んでもらわねば、伊勢のお偉方は双方とも目が覚めそうにない」

重信の表情に変化は無く、角馬は青ざめるばかりだった。

遺恨を晴らすための決闘、あるいは身を殺して仁《じん》を為そうという正義感での誅殺《ちゆうさつ》ならば、まだ隙も見出せよう。

しかし、この男は単なる恨みや義侠心《ぎきようしん》で角馬を斬りに来たわけではない。伊勢で身を以て知った為政者たちの権謀術数に一石を投じるべく、敵陣営の走狗《そうく》の筆頭たる角馬を抹殺しようというのだ。

「貴公も拙者も、帯びておるのは小刀のみだ。勝負いたすに不足はあるまい」

抜刀の構えに入る重信の目は、水面《みなも》のように澄んでいた。

もはや返り討ちにする以外、角馬に逃れる術《すべ》はない。

「どこからでもかかって参れ」

「応!」

小刀の鞘を払うや角馬はすかさず片手右上段の構えを取った。つぶての狙い打ちを受けたとはいえ、手傷を負ったわけではない。まだ互角以上に戦える自信と体力は残っている。

闘志十分と見切った重信は、心から安堵した。

(これで良い)

傷付いた相手を痛ぶる趣味など、重信にはない。対等の立場なればこそ、刀を抜くのにためらわずに済むのだ。

「行くぞ」

一声よばわり、重信は両足を肩幅に開いて立った。

小刀は、鞘の内に納まったままである。

「お主の居合で、儂は倒せんぞ」

嘲笑か、それとも強がりか、角馬は一喝すると同時に疾走した。

たちまち、間合いは九歩まで詰まる。

近間に入った瞬間、重信の両手が小刀に掛かった。

大きく鞘を引いて抜刀した刹那、重信は左膝を存分に伸ばした。同時に右足を一歩踏み込みながら、垂直に立てた刀身を走らせる。

擦れ違いざまに右手首を裂かれた角馬は、そのまま五間(約九メートル)ばかりを駆け抜けた。

まだ、致命傷を負ったことにさえ気づいてはいないのだろう。

駆け抜けた道の左右に鮮血が走り、松の木肌を朱に染める。

角馬はそのまま、道の先にまろび出た。

折が悪かったとしか、思えなかった。角馬が衆目の前に姿を現したのは、ちょうど屈強な若者の集団が、斬り合いを始めようという頃合だったのだ。

すでに何人かを手にかけたのだろう。血の臭いに酔った若者たちは躊躇《ちゅうちょ》することなく、手負いの獲物に対して一斉に脇差を振りかざした。

「邪気払いじゃ」

「邪気払いじゃ」

四方八方から斬りかかられた角馬に抗《あらが》う術《すべ》はなかった。合戦場でも、これほど多勢に取り囲まれた経験はなかったに違いない。

群集の中で膾《なます》に刻まれ、力尽きた角馬が崩れ落ちていく。

凄惨な一部始終を、じっと見つめている者がいた。

「終わったな」

歩み寄ってきた長身の若者は、重信の背中に声をかけた。

「おぬしとの勝負、ぜひとも帰参する前に付けたかったんだがな……」

　ここまで執拗に挑んでくる者は、一人しか思い当たらない。

　納刀を終えた重信は、振り向きざまに問いかけた。

「おぬし、越前へ帰るのか？」

「我が侭《まま》な主君に仕えておると、苦労が絶えぬのでな」

　苦笑交じりにぼやきながら、佐々木小次郎は付け加えた。

「早く、拙者も牢人になりたいものよ」

「失うもののほうが、多いやも知れぬぞ」

「何事も、責は己に帰する。そういうことか」

「うむ」

　うなずく重信を、小次郎は黙って見返した。

　切れ長の双眸をふと緩ませ、真面目な口調でつぶやく。

「おぬしに等しい覚悟さえ出来たら、主君との縁《えにし》を切っても、生きていけるのだろうな。今すぐというわけには参らぬが、俺もいずれは……な」

　その機を逃さず、重信は念を押す。

「されば勝負は、その折にいたそう」

「おいおい、上手く逃げるじゃないか」

「当たり前ぞ。誰でも命は惜しいものぞ」

遠い目をして、重信は言葉を続けた。

「無益に命のやり取りをすること無く、技を競い合える時代が来れば良いのだがな……」

林崎甚助重信、三十一歳。後に居合術の開祖と呼ばれる男である。

主持ちの立場を捨ててから、ちょうど一年目の新春であった。

終章　乱世を超えて

濁酒の香りを晩酌代わりに堪能した翌朝、重信と新之助は溌剌《はつらつ》とした足取りで一夜の宿を後にした。

一年前の出来事を夢に見ていたのは、新之助も同じであるらしい。

「出羽でもいろいろお恥ずかしいとこをお見せしちまいましたけど、あのときの醜態に比べりゃ遥かにマシでしたね、先生。俺の歳で言うのも何ですが、ほんとに若気の至りってのは困ったもんで……。ちょいと思い出しただけでも、叫びたくなっちまいますよ」

「衆生とはそういうものぞ、新之助。この私とて郷里では、おぬしには恥ずべき姿を散々見せてしもうた故な。改めて猛省いたさねばなるまいよ」

「そんな、滅相もありません」

「お互い様ということにしておけばいい。さ、急ぎ参ろうぞ」

「はい」

師弟の旅は順調に進んだ。

討手をあっさり蹴散らされたのがよほど堪えたらしく、新手《あらて》を差し向けてくることがなかったのは幸いだった。

「いよいよですね、先生！」

「うむ」

笑みを交わして頷き合い、訪ねた先は多芸御所。

この伊勢国の守護神たる、北畠具教の居館であった。


重信と新之助は、それぞれ別の部屋へと案内された。

素っ気ない造りの一室には、立ち合いに必要な品々がすべて揃っている。

麻の小袖に袴。血止めを兼ねた鉢巻きに革襷。重信の大太刀とほぼ同じ、三尺物の木刀まで用意されていた。

「他の方々は先に着到しておられます。林崎氏、お支度は速やかに願いますぞ」

「心得申した」

案内をしてくれた郎党に会釈を返し、重信は左手に提げていた大太刀を置く。

戸惑いながら別室に連れて行かれた新之助も、着替えを始めた頃だろう。

(他流はもとより分の違いも厭わず立ち合うてこそ、真の強者を決めるにふさわしき戦いとなるはず……か。相も変わらず剛毅なことだな。あやつにとっても、良き学びの折となるであろうよ)

胸の内でつぶやきながら、重信は身支度を調える。

それは新之助に道中で明かさずにいた、こたびの御前試合の趣旨だった。

不智斎こと北畠具教が剣術に寄せる情熱は、一年が経っても変わらない。

自身の修行に励む一方で後進の育成にも余念がなく、家中の若い者たちに分の違いを問わず剣を学ばせ、自ら手ほどきをする労も惜《お》しまずにいる。

何も剣術こそ最高の戦技と思い込み、固執していたわけではない。

合戦で勝敗を左右するのは、あくまで揃えた兵と矢弾の数だ。一年前の戦いで重信を苦しめた石つぶても、訓練された兵たちが徒党を組んで投じれば戦況を覆《くつがえ》す決め手と成り得るし、白兵戦においても太刀や刀だけで長柄武器の薙刀《なぎなた》や長巻、槍を制するのは至難の業。出陣の経験も多い具教にとっては自明の理であろう。

それでも剣術にこだわるのは、先の時代を見据えていればこそであった。

幕府の権威が失墜し、混乱に乗じて成り上がった輩が好き勝手に領土を拡げて覇権を競い合う乱世が、いつまでも続いていいはずがない。いずれ必ず道理をわきまえた強者が立ち上がり、足利氏が手放した征夷大将軍の職を継いで、戦乱の世に終止符を打つことだろう。

その時こそ、真に剣術が必要とされる。

二度と下剋上《げこくじょう》を許さぬために技だけではなく心も磨き、刀を無闇に抜かないように己を律し、身の程を知るための術として、すべての武士に学ばせたい。

そんな切なる願いを込めて、具教は剣術の普及に勤《いそ》しんでいる。及ばずながら重信も向後は諸国を巡り、抜刀の術を広めることに力を尽くす所存だった。

(戦場で命を取り合うだけならば、太刀術も刀法もさして用を為さぬ。それよりも槍一筋に生きたほうが割もよかろう。それでも私は、己が道を突き進みたい。どのみち限りある命ならば、後の世のためにこそ役立てたい……)

道着に袖を通した重信は決意も固く、袴の緒を締める。

身支度が整えば、次は得物を確かめる番。

用意された木刀は、昨年と同じ白樫製。

違っていたのは大太刀とほぼ等しい、三尺余りの一振りであることだった。

（有難い。これならば、存分に腕を振るえようぞ）

頼もしい重みを手に取って確かめつつ、重信は微笑んだ。

昨年の御前試合で無二斎に苦戦を強いられたのは、実力が伯仲《はくちゅう》していたことだけが理由ではない。日頃から大太刀の扱いに慣れているが故に、貸し与えられた並の木刀では間合いを測りかねたからでもあった。

具教が一声命じてくれれば、長い木刀がすぐに用意されたはず。

そうしなかったのは重信が晩年の塚原卜伝に師事し、自分一人だけが伝授されたと思い込んでいた秘伝『一の太刀』まで授かったと知るに及んで、激しい嫉妬を抱いたが故のことだった。

剣豪大名と呼ばれる傑物も、生身の人であるのに変わりはない。

その嫉妬が災いして窮地に追い込まれたことも、今となっては懐かしい。

（不智斎殿がご健在である限り、北畠武士は敗《やぶ》れまい。織田の小倅めがどのような策を巡らせようとも、無駄なことだ……）

伊勢の守りの要《かなめ》として君臨する一方、具教には少年じみたところもある。

誰が一番強いのかを知りたい。命までは落とさぬ範囲で戦わせ、どのように決着が付くのか見届けたい。そんな無邪気な好奇心も、人一倍強いのだ。

重信にとっても、望むところである。

(この一年で私がどこまで腕を上げたか、ご存分に見極めていただこうぞ)

重信は床に膝を着くと、素振りを始めた。

初めは両の膝を揃えて振るい、体がほぐれたところで片膝立ちとなり、横一文字に抜き付けたのを振りかぶっては真っ向を斬る動きを繰り返す。刃も付いていないのに音がするのは手の内を締め、角度正しく振り下ろしていればこそであった。

しばし熱中していると、廊下を渡る足音が聞こえてくる。

戻ってきたのは先程の郎党。

「林崎氏、そろそろお出番にござるぞ」

「心得申した」

障子越しに呼びかけるのに一声答え、重信は立ち上がる。

長い木刀を携えて廊下を渡り行く、足の運びに迷いはない。

精悍な顔に浮かぶ表情も曇りなく、爽やかに澄みきっていた。

御所の庭に設けられた試合場では、最初の立ち合いの決着が付いたところだった。

「うわっ」

試合場の外まで吹っ飛ばされたのは新之助。

二刀の打ち込みを辛うじてかわし、反撃に転じようとした矢先のことだった。

「一本！」

判定を下したのは、四十半ばの凛々《りり》しい男。

北畠具教は進んで審判の役目を買って出ていた。

一年前は重信の立ち合いのみを裁き、他の選手にはほとんど目も呉れなかったものだが今は違う。敗れた新之助への気遣いも、昨年ならば有り得ぬものであった。

「そのほう、なかなか腰が据わっておるの」

「お、恐れ入ります」

「苦しゅうない。林崎の教えを守り、向後も励むがよかろうぞ」

慌てて平伏した新之助に、具教は微笑みを投げかける。

と、具教の視線が動いた。

「ようやっと参ったか」

無二斎も大小の木刀を収め、精悍な顔を綻ばせる。

試合場に向かって歩みを進める重信をいま一人、笑顔で迎える者がいた。

「ふっ……私には及ばぬまでも、この一年、腕を磨いておったらしいな」

控えの席に陣取って、優美に微笑む青年の名前は佐々木小次郎。

重信と同様に、三尺余りの長木刀を携えている。

物干竿の異名を持つ大太刀を自在に駆使し、とりわけ背中から抜き打つ術に長《た》けた小次郎は、重信の無二の好敵手。朝倉家を離れて浪々の身となり、これから先の人生を兵法修行に費やす所存である。

燃えていたのは無二斎も同じだった。

「ふふふ、楽しいのう。宮仕えをしておっては、この醍醐味《だいごみ》は味わえぬ……どうせ体を張るのであればくだらぬ主君のためではなく、己がために戦い抜きたいものよ」

武家の習いに照らせば、間違った考え方なのかもしれない。

しかし、男たちはそれぞれに信念を持って生きている。

野辺に倒れて朽ちようとも鍛錬を重ね、剣の技を極めたい。二度と主君を持つことなく、果てなき荒野を歩み続ける放浪者として一生を終える覚悟だった。

放浪者を、笑うなかれ。

彼らが突き進んだ後には道が出来る。

その道は続く者たちによって踏み固められ、更に広く太くなっていく。

戦国の乱世においては人を斬るだけのための稽古も、平和な時代が訪れれば心と体を等しく鍛え、己を高める術《すべ》と成り得よう。

そんな時代が来るのを夢見ながら、無二斎と小次郎は日々修行に励んでいる。

乱世だからこそ許される下剋上も一攫千金《いっかくせんきん》も、この二人にとっては埒外《らちがい》のこと。何の興味も持ってはいない。

それよりも重信との再戦が叶った喜びこそ、望外のものであった。

「早う参れ林崎。こたびこそ長剣抜刀の真髄を以て、黒白をつけてやる」

「何をほざきおるか若造め、うぬが出番は後であろうが。そも儂は林崎と張り合うておるには非ず。あやつには、我が当理流の技を受け継いでもらいたいのだ」

「お騒ぎ召さるな親父殿。貴公は早う男子を成して、ご存分に鍛えなさるがよろしかろう。お望みとあれば、長じた後に相手になってつかわそうぞ。ははははは」

「こやつ、生意気な！」

爽やかに笑う小次郎に、無二斎はいきり立つ。

試合場の内と外で言い合う様に苦笑しながら、重信は歩いていく。

身の丈の半分以上もある長木刀を携えて、進みゆく足の運びは揺るぎない。

今日は七月二十八日。
折しも年号が改められ、天正《てんしょう》元年となったその日のことであった。

時代小説

二見時代小説文庫

燃《も》え立《た》つ剣《けん》 孤《こ》高《こう》の剣聖《けんせい》 林崎重信《はやしざきしげのぶ》 2

著者 牧《まき》 秀彦《ひでひこ》

発行所 株式会社 二見書房
東京都千代田区三崎町二－一八－一一
電話 〇三－三五一五－二三一一［営業］
〇三－三五一五－二三一三［編集］
振替 〇〇一七〇－四－二六三九

印刷 株式会社 堀内印刷所
製本 ナショナル製本協同組合

落丁・乱丁本はお取り替えいたします。
定価は、カバーに表示してあります。
本書は『抜刀秘伝抄』（学研M文庫、二〇〇二年刊）に全面的に加筆したものです。

 ISBN978－4－576－15183－0
http://www.futami.co.jp/

二見時代小説文庫

新たな仲間 八丁堀 裏十手6
牧 秀彦［著］

若き裏稼業人の素顔は心優しき手習い熟教師。その裏稼業人に、鳥居耀蔵が率いる南町奉行所の悪徳同心が罠をかけてきたのを知った左門と裏十手の仲間たちは…

魔剣供養 八丁堀 裏十手7
牧 秀彦［著］

御様御用《おためしごよう》首斬り役の山田朝右衛門から、世にも奇妙な相談が！ 青年大名を夜毎悩ます将軍拝領の魔剣の謎とは？ 廻方同心「北町の虎」大人気シリーズ第7弾！

荒波越えて 八丁堀 裏十手8
牧 秀彦［著］

伊豆韮山《にらやま》代官の江川英龍から、故あって三宅島に流刑された息子・角馬に迫る危機を知らされた左門。「老虎」の最後の戦いが始まる！ 感動と瞠目の最後の裏十手！

誇《ほこり》 毘沙《びしゃ》侍 降魔剣《ごうまけん》1
牧 秀彦［著］

奉行所も火盗改も裁けぬ悪に泣く人々の願いを受け、竜崎沙王ひきいる浪人集団〝兜跋《とばつ》組〟の男たちが邪滅の豪剣を振るう！ 荒々しい男のロマン瞠目のシリーズ第1弾！

母 毘沙侍 降魔剣2
牧 秀彦［著］

吉原名代の紫太夫が孕んだ。このままでは母子ともに苦界に身を沈めてしまう。元同心が語る、兜跋組頭目・竜崎沙王とその妹・藤華の驚くべき過去とは!? 第2弾！

男 毘沙侍 降魔剣3
牧 秀彦［著］

江戸四宿が悪党軍団に占拠された。訳あって四宿それぞれに向かっていた兜跋組四天王は単身、乗っ取り事件の真只中に踏み込むはめに…はたして生き延びられるか？

将軍の首　毘沙侍 降魔剣4

牧 秀彦［著］

将軍家の存亡にかかわる一大事！ 幕府を牛耳る御側御用取次、その出自が公になるとき驚天動地の策謀が成就する!? 兜跋組の頭には老中水野忠邦からある依頼が…

居眠り同心 影御用　源之助 人助け帖

早見 俊［著］

凄腕の筆頭同心蔵間源之助はひょんなことで閑職に左遷されてしまった。暇で暇で死にそうな日々にさる大名家の江戸留守居から極秘の影御用が舞い込んだ！ 第1弾！

朝顔の姫　居眠り同心 影御用2

早見 俊［著］

元筆頭同心に、御台所様御用人の旗本から息女美玖姫探索の依頼。時を同じくして八丁堀同心の審死が告げられた…左遷された凄腕同心の意地と人情！ 第2弾！

与力の娘　居眠り同心 影御用3

早見 俊［著］

吟味方与力の一人娘が役者絵から抜け出たような徒組頭次男坊に懸想した。与力の跡を継ぐ婿候補の身上を探れ！「居眠り番」蔵間源之助に極秘の影御用が…！

犬侍の嫁　居眠り同心 影御用4

早見 俊［著］

弘前藩御馬廻り三百石まで出世し、かつて道場で竜虎と謳われた剣友が妻を離縁して江戸へ出奔。同じ頃、弘前藩御納戸頭の斬殺体が柳森稲荷で発見された！

草笛が啼《な》く　居眠り同心 影御用5

早見 俊［著］

両替商と老中の裏を探れ！ 北町奉行直々の密命に居眠り同心の目が覚めた！ 同じ頃、見習い同心の源太郎が行き倒れの少年を連れてきて…。大人気シリーズ第5弾！

同心の妹　居眠り同心 影御用6
早見俊［著］

兄妹二人で生きてきた南町の若き豪腕同心が濡れ衣の罠に嵌まった。この身に代えても兄の無実を晴らしたい！　血を吐くような娘の想いに居眠り番の血がたぎる！

殿さまの貌《かお》　居眠り同心 影御用7
早見俊［著］

逆袈裟魔《ぎゃくげさま》出没の江戸で八万五千石の大名が行方知れずとなった！　元筆頭同心で今は居眠り番と揶揄される源之助のもとに、ふたつの奇妙な影御用が舞い込んだ！

信念の人　居眠り同心 影御用8
早見俊［著］

元筆頭同心の蔵間源之助に北町奉行と与力から別々に二股の影御用が舞い込んだ。老中も巻き込む阿片事件！　同心の誇りを貫き通せるか。大人気シリーズ第8弾！

惑《まど》いの剣　居眠り同心 影御用9
早見俊［著］

居眠り番蔵間源之助と岡っ引京次が場末の酒場で助けた男の正体は、大奥出入りの高名な絵師だった。なぜ無銭飲食などをしたのか？　これが事件の発端となり…。

青嵐《せいらん》を斬る　居眠り同心 影御用10
早見俊［著］

暇をもてあます源之助が釣りをしていると、暴れ馬に乗った瀕死の武士が…。信濃木曽十万石の名門大名家に届けてほしいとその男に書状を託された源之助は…。

風神狩り　居眠り同心 影御用11
早見俊［著］

源之助の一人息子で同心見習いの源太郎が夜鷹殺しの現場で捕縛された！　濡れ衣だと言う源太郎。折しも街道筋を盗賊「風神の喜代四郎」一味が跋扈していた！

嵐の予兆　居眠り同心 影御用12

早見俊［著］

居眠り同心の息子源太郎は大盗賊「極楽坊主の妙蓮」を護送する大任で雪の箱根へ。父源之助の許には妙蓮絡みの奇妙な影御用が舞い込んだ。同心父子に迫る危機！

七福神斬り　居眠り同心 影御用13

早見俊［著］

元普請奉行が殺害され亡骸には奇妙な細工！　向島七福神巡りの名所で連続する不思議な殺人事件。父源之助と新任同心の息子源太郎よる「親子御用」が始まった。

名門斬り　居眠り同心 影御用14

早見俊［著］

身を持ち崩した名門旗本の御曹司を連れ戻すという単純な依頼には、一筋縄ではいかぬ深い陰謀が秘められていた。事態は思わぬ展開へ！　同心父子にも危険が迫る！

闇の狐狩り　居眠り同心 影御用15

早見俊［著］

碁を打った帰り道、四人の黒覆面の侍たちに斬りかかられた源之助。翌朝、なんと四人のうちのひとりが、寺社奉行の用人と称して秘密の御用を依頼してきた。

悪手《あくしゅ》斬り　居眠り同心 影御用16

早見俊［著］

例繰方《れいくりかた》与力の影御用、配下の同心が溺死した件を内密に調査してほしいという。一方、伝馬町の牢の盗賊が本物か調べるべく、岡っ引京次は捨て身の潜入を試みる。

無法許さじ　居眠り同心 影御用17

早見俊［著］

火盗改の頭から内密の探索を依頼された源之助。火盗改密偵三人の謎の死の真相を探ってほしいというのである。〃往生堀〃という無法地帯が浮かんできたが…。

二見時代小説文庫

十万石を蹴る　居眠り同心 影御用18
早見俊［著］

世継ぎが急逝したため、十二歳で大名家を出された若君が十一年ぶりに帰った。果たして彼は本物なのか？ 美濃恵那藩からの影御用に、居眠り同心、捨て身の探索！

朱鞘《あかさや》の大刀　見倒屋《みたおしや》鬼助《きすけ》 事件控1
喜安幸夫［著］

浅野内匠頭の事件で職を失った喜助は、夜逃げの家へ駆けつけて家財を二束三文で買い叩く「見倒屋」の仕事を手伝うことになる。喜助あらため鬼助の痛快シリーズ第１弾

隠れ岡っ引　見倒屋鬼助 事件控2
喜安幸夫［著］

鬼助は浅野家家臣・堀部安兵衛から剣術の手ほどきを受けた遣《つか》い手の中間《ちゅうげん》でもあった。「隠れ岡っ引」となった鬼助は、生かしておけぬ連中の成敗に力を貸すことに…。

濡れ衣晴らし　見倒屋鬼助 事件控3
喜安幸夫［著］

老舗料亭の庖丁人と仲居が店の金百両を持って駆落ち。探索を命じられた鬼助は、それが単純な駆落ちではないことを知る。彼らを嵌めた悪い奴らがいる…鬼助の木刀が唸る！

百日髷《まげ》の剣客　見倒屋鬼助 事件控4
喜安幸夫［著］

喧嘩を見事にさばいて見せた百日髷の謎の浪人者。その正体は、天下の剣客堀部安兵衛という噂が。奇縁によって鬼助はその浪人と共に悪人退治にのりだすことに！

冴える木刀　見倒屋鬼助 事件控5
喜安幸夫［著］

元赤穂藩の中間である見倒屋の鬼助。赤穂浪士討ち入り前年のある日、鬼助はその木刀さばきの腕前で大店に強請を重ねる二人の浪人退治を買って出る。彼らの正体は…。

二見時代小説文庫

剣客大名 柳生俊平《としひら》 将軍の影目付
麻倉一矢［著］
柳生家第六代藩主となった柳生俊平は、八代将軍吉宗から密かに影目付を命じられ、難題に取り組むことに…。実在の大名の痛快な物語！ 新シリーズ第1弾！

闇《やみ》公方《くぼう》の影 旗本三兄弟 事件帖1
藤 水名子［著］
幼くして父を亡くし、母に厳しく育てられた、徒目付組頭の長男・太一郎、用心棒の次男・黎二郎、学問所に通う三男・順三郎。三兄弟が父の死の謎をめぐる悪に挑む！

世直し隠し剣 婿殿は山同心1
氷月 葵［著］
八丁堀同心の三男坊・禎次郎は婿養子に入り、吟味方下役をしていたが、上野の山同心への出向を命じられた。初出仕の日、お山で百姓風の奇妙な三人組が……。

首吊り志願 婿殿は山同心2
氷月 葵［著］
不忍池の端で若い男が殺されているのに出くわした上野の山同心・禎次郎。事件の背後で笑う黒幕とは？ 禎次郎の棒手裏剣が敵に迫る！ 大好評第2弾！

浮世小路 父娘《おやこ》捕物帖 黄泉からの声
高城実枝子［著］
味で評判の小体な料理屋。美人の看板娘お麻と八丁堀同心の手先、治助。似た者どうしの父娘に今日も事件が舞いこんで…。期待の女流新人！ 大江戸人情ミステリー

北瞑の大地 八丁堀・地蔵橋留書1
浅黄 斑［著］
蔵に閉じ込めた犯人はいかにして姿を消したのか？ 岡っ引き喜平と同心鈴鹿、その子蘭三郎が密室の謎に迫る！ 捕物帳と本格推理の結合を目ざす記念碑的新シリーズ！